보도방 3

보도방 3

초판 인쇄 2021년 9월 11일
초판 발행 2021년 9월 15일

지은이　　이진수
펴낸이　　김태헌
펴낸곳　　스타파이브

주소　　　경기도 고양시 일산서구 대산로 53
출판등록　2021년 3월 11일 제2021-000062호
전화　　　031-911-3416
팩스　　　031-911-3417
전자우편　meko7@paran.com

날도방 3

| 이진수 지음 |

　오랫동안 취재에 매달렸다. 매춘의 온상인〈보도방〉의 실태와 그곳에 몸담고 있는 사람들의 실상을 보다 생동감 있게 전달하기 위해서였다. 취재를 하면서, 누군가는 다뤄야 할 문제임에도 불구하고 다들 딴 짓-모른 척하고 있는 걸까?-만 하고 있다는 생각이 들자 사명감 같은 것이 생겨났다. 문제는 모텔이나 단란주점에 여자들을 공급해주는 보도방이나 몸을 파는 여성들이나 폭력조직이 아니다. 보다 근본적인 문제는 인간의 본능과 성이 상품화되는 사회, 그리고 그것들을 마냥 부인하며 점잔만 빼는 우리의 문화적 풍토인 것이다. 누군가는 용기를 내야 한다. 그곳에 그들이 있고, 그곳에서 그런 일들이 벌어지고 있다는 사실을 인정해야 한다. 이 책은 현장 고발이나 실상을 알리는 것 외에, 우리 모두 가슴을 열고 이제부터라도 우리 곁에 바짝 다가와 있는 현실에 대해 솔직해지자는 뜻에서 쓰여졌다. 왜냐하면, 그곳도 사람이 사는 세상이기 때문이다.

CONTENTS
차 례

＊ ＊＊ 조직과 조직

천식이 운전하는 차는 남부순환도로를 달려 화곡동 사거리에서 우회전을 해서 들어갔다.

"어디 있나?"

형민은 달리는 차 속에서 종혁에게 물었다.

"집으로 와 형. 그 놈들 보도방을 쳐들어가야지."

"집은 아냐?"

"응. 미리 알아뒀어. 그럼 내가 사거리로 나갈까?"

"까치산으로 나와. 빨리."

"응. 알았어. 금방 갈게."

전화를 끊고 까치산 터널 쪽으로 달려가는데, 벌써 종혁의 차가 와 있었다.

차에서 내린 종혁은 여자애들에게 효진이 운전하는 차를 타고 집으로 가 있으라고 하고선 차에 올라탔다.

"어디야?"

형민이 물었다.

"야. 천식아. 저쪽에서 우회전을 해서 들어가."

종혁이 석주의 보도방 아지트를 찾아가는 길을 알려주었다. 까치산 터널에서 가까운 곳이었다.

골목에서 차를 멎은 그들은 차에서 내렸다.

"여기야. 내가 불러볼게."

종혁이 철문이 닫힌 대문을 가리키면서 손끝으로 초인종을 눌렀다.

"누구십니까?"

대문에 달린 초인종 상자에서 남자의 굵은 목소리가 흘러나왔다.

"나, 강종혁이라고 그래. 석주 만나러 왔다고 그래."

종혁의 말이 끝나고 나서 한참 있어도 안에선 대답이 없었다. 다시 벨을 눌렀다.

"왜? 뭐 땜에 왔지?"

이번엔 석주의 목소리가 튀어나왔다.

"너냐? 석주?"

종혁은 아직 석주의 목소리를 알지 못했다. 그러나 목소리의 톤으로 봐서 석주 일 거라고 생각되었다.

"호오, 아. 네. 그래. 왜 내 구역에 들어와서 신고도 없이 장사를 했나? 애들을 찾아가겠다고?"

석주의 빈정거림이 들려왔다.

"문 열어! 안 열면 담장을 넘어 들어갈 테니까 곱게 이야기할 때. 열어!"

"그래? 그럼 열어주지. 몇 명이 왔나? 호오, 세 놈이군 그래. 들어와."

석주는 안에서 어디엔가 달려 있는 모니터를 통해 종혁의 식구들을 보고 있는 듯했다. 곧 철문이 열렸다.

안으로 들어선 그들은 현관문을 열었다. 단층집이라 들어가는 현관문은 한 군데밖에 없었다.

"허어. 어서 오시게나 기다리고 있었지."

거실엔 벌써 석주의 똘마니들이 여럿 서 있었다. 소파에 앉은 석주 옆에는 강민이가 짧은 티를 입고 버티고 서 있었다.

그들은 벌써 여자애들을 찾으러 올 거라는 생각을 했는지 단단히 준비를 하고 있은 듯했다.

"우리 애들은?"

"허, 앉지. 남의 집에 들어왔으니 주인의 말을 들어야지. 안 그러냐?"

"뭐야? 처음 보는 우리한테 반말이야?"

종혁이 대뜸 소리를 질렀다.

"하하 협상하러 온 놈이 되레 큰 소리네. 여기서 떠들어 봐야 아무 소득이 없을 걸? 우선 앉지. 앉기 싫어?"

석주는 옆에 서 있는 건장한 애들을 둘러보며 빙긋이 웃고 있었다.

"야 앉아"

형민이 옆에 서 있다가 종혁에게 앉으라고 그랬다. 형민이 먼저 소파로 가서 앉아, 종혁과 천식도 형민의 옆에 앉았다.

"우리 인사하지. 난 형석주다. 요 놈은 최강민이고. 저 쪽에 서있는 애들은 알 필요가 없겠지."

석주가 담배를 꺼내 입에 물고는 담배 갑을 탁자 위로 올려놓았다. 피우라는 뜻이었다.

석주의 기고만장한 모습을 묵묵히 지켜보고만 있던 형민은 슬그머니 화가 치올랐지만 우선은 석주란 놈을 떠보는 것이 급선무라고 생각했다.

형민이 양복 주머니에서 담배를 꺼내 빼어 물었고. 종혁과 천식도 형민의 담배 갑에서 담배를 꺼내 불을 붙였다.

"소문에 듣자 하니 강서구를 다 먹겠다고 그러는 것 같은데 내가 여기 터주대감인데 그동안에 인사 한 마디도 없이 내 구역을 침범해서 그럴 수 있나? 난 인사라도 해올 줄 알았는데."

형민은 잠자코 있었다. 옆방에서는 석주가 데리고 있는 여자애들이 고스톱을 치는지 떠들고 있는 소리가 들렸다. 여자애들은 거실의 낯선 손님 방문에 전혀 무관심한 듯 했다.

형민은 덜 피운 담배를 비벼 꺼버리고는 소파 뒤로 몸을 기대면서 말을 꺼냈다.

"미안하오. 그건 내가 사과드리지."

"미안하다고? 이제 와서? 그러면 다 됐나?"

석주는 아직 형민의 존재조차도 알지 못하고 있는 듯했다. 그 말을 들은 종혁은 주먹을 불끈 쥐고서 일어나려고 그랬다.

형민이 종혁을 제지시켰다.

"우리 애들은?"

형민은 그것부터 물었다.

"하하 우리 애들? 애들아. 애들이 잘 있나 보여줘라."

"예, 형님!"

석주의 뒤에 서 있던 한놈이 거실 옆의 방문을 열어 보였다. 활짝 열려진 방안에는 미오와 경애가 완전히 발가벗겨진 채로 입엔 반창고가 붙여져 있었고, 손과 발은 두 사람이 같이 묶여 있었다.

형민과 종혁을 보자. 그녀들은 겁먹은 얼굴로 살려달라는 듯이 몸을 꿈틀거렸지만 손과 발이 마음대로 움직일 수가 없었다. 알몸인 채로 꽁꽁 묶인 그녀들의 모습을 보는 순간. 형민과 종혁은 돌아 버릴 것만 같았다.

형민은 눈을 감아 버렸다. 더 이상 대화가 되지 않을 것이란 직감이 번뜩 들었지만 이 자리에서 해결할 수는 없는 일이었다.

그는 천천히 눈을 뜨며 석주를 보고 말을 꺼냈다.

"왜 저렇게 해놨지? 우리한테 보이려고 그랬나?"

형민의 목소리는 화를 참느라 떨려 나왔다.

"하하. 우리 애들도 니네 애들 발가벗은 몸 좀 구경하면 안 되냐? 좋은 구경거리잖아?"

석주가 킬킬 웃자, 옆에 서 있던 애들도 같이 킬킬거리며 웃었다.

석주 옆에는 일곱 명의 건장한 놈들이 서 있었다.

"그래. 애들은 돌려줘라. 옷을 다 벗기고 저렇게 해놓는 건 안 좋지."

형민은 최대한 화를 억누르면서 천천히 말을 했다.

"안 좋아? 안 좋으면 왜 남의 구역에 들어와서 그런 짓을 했지?"

"…."

형민은 석주의 두 눈을 똑바로 쳐다보았다.

"…."

석주도 순간 형민의 강렬한 눈빛을 받으며 멈칫거렸다. 그러나 그는 곧 본래의 모습으로 되돌아갔다.

"하하. 세 명이서 한 번 붙어보겠다는 거야? 한 판 붙어 볼까?"

석주의 그런 기고만장한 모습에 형민은 그저 눈만 부릅 뜰 뿐이었다. 종혁 역시 그랬다. 이 자리에서는 어떻게 할 수가 없었다.

"그럼 뭘 원하나?"

형민이 무겁게 입을 열었다.

"뭘 원하냐구? 그거야 니들이 더 잘 알 텐데. 내 구역에서 나가줬으면 좋겠어. 나도 먹고 살아야 되니까! 나도 조직을 키울 생각이니까 말이야!"

"그래? 우리가 못 물러난다면?"

종혁이 말을 던졌다.

"훗! 그래? 그럼 지금 맛을 보여줄까?"

석주가 옆에 서 있는 애들을 쳐다보았다. 옆에 서 있던 놈들이 형민과 종혁을 겁주기 위해서 눈알에 힘을 주고 있었다.

"..."

형민은 세 명이서 일곱 명을 상대해야 한다는 부담감이 있었지만 그건 아무것도 아니었다. 만일의 경우 방안에 여자애들이 자신들의 보스인 석주가 불리하다 싶으면 경찰을 불러들일까 염려가 되었던 것이다.

그렇게 되면 범죄단체 조직이라는 올가미를 쓸지도 모른다는 생각이 들었다.

"좋다! 그럼 내일 다시 오겠다! 그럼 됐나?"

형민이 말을 꺼냈다.

"내일? 호오, 내일 와서 어쩐다는 거야? 지금 여기서 말하지."

"생각을 해보고 내일 다시 오겠다. 우리 애들은 절대 건드리지 마라."

"몸 파는 년들인데 뭐 어떤가? 내 밑의 애들이 재미 좀 봤지.”

석주가 그렇게 말하는 데에 형민은 다시 화가 치솟았다. 방 안에 묶여 있는 미오와 경애의 알몸을 바라보자 울분이 솟아나왔다.

그러나 이 순간엔 어쩔 수 없는 일이었다.

“내일 다시 오겠다! 내일 이야기하자!”

“그럼 그렇게 하시구려. 애들아 이 분들 나가신단다. 길 만 들어드려라.”

석주는 여전히 비아냥거림으로 나왔다. 형민이 일어서는데도 소파에서 꼼짝도 하지 않았다.

“…”

형민은 석주를 노려보다가 뒤돌아 서서 현관으로 걸어 나갔다. 그 뒤를 종혁과 천식이 따라나가면서 석주의 패들이 달려들지도 모르기 때문에 형민을 엄호를 했다.

다행히 그들은 달려들지 않았다.

형민의 의젓하고 꿀리지 않는 몸 동작에 그들도 함부로 주먹을 휘두를 수 없었다.

마당으로 나온 종혁은 형민의 옆으로 다가갔다.

“형. 어떻게 하려고 그래?”

“…”

형민은 입을 굳게 다물고 있었다. 천식이가 얼른 철대문을 열어주었다. 밖으로 나온 그들은 차안으로 들어갔다.

천식이가 핸들을 잡고 골목을 빠져나가는 동안, 형민은 그저 묵묵히 골목길만 살피고 있었다. 형민은 낯선 골목길이라 차가 빠져나가는 동안에 앞만 쳐다보고 있었다.

"석주 저 새끼가 우리 애들을 건드렸어. 그냥 놔둬선 안 될 거 같어."

종혁이 울분을 참지 못했다.

"…"

형민은 여전히 골목만 쳐다보고 있었다.

찻길로 나온 차는 까치산 쪽으로 갔다가 유턴을 해서 다시 내려갔다. 효진의 집에 다다랐을 때,

"천식이 너는 그냥 봉천동으로 가라 난 여기 있다가 갈 테니까."

하고 차에서 내렸다.

"응. 형. 종혁아, 담에 보자."

"그래. 잘 가라."

천식의 차가 멀어지는 것을 보면서 형민온 몸을 틀었다.

"가자. 오늘 어디 가서 술이나 한 잔 하자."

"술?"

종혁은 형민이 술을 같이 하자는 말에 뜨끔했다.

"그래. 좆같으니까 술이나 한 잔 하지 머. 네가 이쪽 구청장이니까 근사한 데로 한 번 모셔봐라."

"으응, 알았어……."

종혁은 여자애들을 대어주는 화곡동에서 가장 큰 단란 주점으로 형민을 데리고 들어갔다.

아가씨들 들여보내지 말라고 하고선 둘이서만 술을 마시기 시작했다.

"형. 어떻게 할거야?"

"그래. 이번에도 네가 근사하게 한 번 해치워라. 저런 놈들은 멋지게 해치워도 경찰에 신고하지도 못해."

"?"

"왜? 못 하겠냐?"

"어떻게 하라는 건데?"

"내가 보니까 석주만 해치우면 강민이라는 놈은 허수아비야. 한 놈만 해치우면 끝나."

"해치운다고?"

종혁은 놀랐다.

"그래. 임마. 아까 너 봤지? 두 눈으로 똑똑히 봤을 거다. 그 새끼가 그렇게 나오는 것 봤지? 그런 치욕을 받고도 내가 가만있었어."

"…?"

"오늘밤에 감쪽같이 해치우는 거다."

"어. 어떻게?"

"일단 술이나 마셔 술 마시고 나서 알아듣게 이야기해 줄 테니까."

형민은 종혁의 잔에 독한 양주를 따라 주고는 자신의 잔에도 가득 채워서 단숨에 들이켰다. 종혁이 말리고 싶었으나 오늘 같은 분위기에선 형민을 말릴 계제도 아니었다.

양주를 들이키던 형민이 문득 술잔을 꽝 내려놓으며 말을 꺼냈다.

"아, 아니다. 이번 일은 내가 처리할게. 넌 가만있어. 조직 간의 싸움이라고 경찰이 너를 지목할지도 모르니깐."

"?"

"이번 일은 내가 처리하지. 내가 받은 수모도 있고."

"정말 끝내 버릴 거야?"

종혁은 형민의 결심을 알아차리고는 지금이라도 말리고 싶었다. 거기까지 가지 않더라도 타협점을 찾을 수 있지 않을까 생각하고 있었다.

"그럼? 그런 놈을 그냥 둘 거야? 조직을 포기해? 아님? 걔네들하고 같이 장사해?"

"그건……."

"싹은 일찍 자르는 게 좋아. 그래야 나중에 라도 다른 조직이 못 덤벼드는 거야. 경찰이 단서를 잡지 못해도 다른 조직에서는 미리 눈치를 챌 수 있지. 그렇게 되도록 해 놔야 되는 거지."

"…"

이미 형민의 결심은 단단히 서 있었다. 지금의 형민에게 다른 쪽을 생각해보자고 말할 형편이 아니었다. 형민은 지금 석주가 그런 식으로 나온 것에 대한 복수심이 더 컸다.

"술 마시고 나서 한 판 벌이자. 자, 받아."

형민은 다시 종혁의 잔에다 양주를 따랐다.

이미 양주 한 병을 다 비우고 나서 두 병째였다. 형민은 독한 양주를 마실수록 정신이 또 또렷해지는 듯했다. 복수심에 불타 올라서일까 형민의 눈빛은 점점 살기 어린 광채를 띠고 있었다.

어느 정도 술을 마신 그들은 단란주점에서 나왔다.

"넌 이제부터 알리바이를 만들어라. 나중에 경찰이 냄새를 맡고 덤벼들어도 완벽하게 알리바이를 만들어 놓으면 돼. 지금 영등포 기팔이한테 전화해서 이쪽으로 오라고 그래."

"응."

종혁은 형민이 시키는 대로 했다. 영등포구청장인 기팔이에게 전화를 걸어 급히 화곡동으로 오라고 하고선 전화를 끊었다.

"어떻게 할 건데?"

"기팔이가 모텔에 들어가서 그쪽 애를 불러. 그리고 나서 기팔이가 그쪽 애한테 행패를 부리면 졸개들이 나타나겠지. 그때 난 아까 갔던 집으로 들어가서 해치우는 거 다 어때? 자. 넌 이제부터 알리바이를 완벽하게 만들어 놔라."

"그럼 기팔이는? 믿을 만해?"

"기팔이한테는 오늘 그런 수모를 당했으니까 저쪽 애들 한테도 우리 애들처럼 잡아가서 복수를 할거라고만 말해. 그리고선 저쪽 여자애들을 두들겨 패기만 하고 그냥 놔줘. 시간을 끌라는 말이야. 그러면 저쪽 애들은 우리가 그쪽 애들을 잡아가려고 그랬다가 실패한 걸로 알 테니까."

"아…"

그제서야 종혁은 형민의 생각을 알아차렸다. 기팔이가 모텔로 들어가서 여자애한테 행패를 부르는 동안, 저쪽 애들이 나타나면 그 시간에 형민이 석주를 처치하겠다는 말 이었다.

"집에도 여자애들이 있을 건데?"

"걔들이야 상관없어. 아까 낮에 우릴 못 봤으니까."

형민은 거기까지 치밀한 계획을 세우고 있었다.

"맞아!"

"기팔이가 오면 네가 그렇게 시켜 난 여기 안 온 걸로 하고."

"응. 그럼 기팔이가 지목되면 어떻게 해?"

"누구? 경찰에?"

"응."

"그건 상관없어. 시간적으로 여자애들과 같이 있을 때니까 문제 될 게 없지. 참!"

형민은 자신의 알리바이를 만들 생각이 번쩍 떠올랐다. 그는 핸드폰을 꺼내 얼른 천식이에게 전화를 걸었다.

"응. 나야 지금 당장 내 주민등록증 갖고 제주도 비행기표 끊어라."

형민이 다짜고짜 그렇게 시키자.

"왜? 제주도 가려고?"

"내 대신 제주도에 얼른 갔다가 올라와라. 알았냐?"

"형. 왜 그래?"

아직 천식이는 아무것도 모르고 있었다.

"그렇게 하라면 해. 그냥 하루 묵었다가 내일 아침에 일찍 첫 비행기로 올라와."

"지금 당장?"

"그래. 뭔 말이 그렇게 많냐!"

형민이 버럭 화를 냈다.

"응. 알았어. 그럼 이따 출발하면서 전화할게."

천식은 전화를 끊고 나서 집으로 곧장 들어가서 형민의 주민등록증을 찾아 밖으로 뛰쳐나갔다. 여행사에 들러 비행기표를 예약하고는 형민에게 전화를 넣었다.

그 때쯤 형민은 종혁과 헤어져 까치산 골목길로 접어들고 있었다.

"형. 비행기표 예약했어. 저녁 아홉 시 반 비행기야 그럼 됐어?"

"응. 알았어. 제주도에 내려가서는 될 수 있으면 사람을 만나지 마라. 그리고 나처럼 똑같이 행동해라."

"왜 그래? 형."

천식은 불길한 예감이 들었다.

"별 거 아니니까 마스크나 모자를 쓰고 내려가라. 방을 잡으면 괜히 여자 건드리려고 애들 부르지 말고."

형민은 미리 그런 충고까지 곁들었다.

"알았어. 걱정 마. 내가 틀림없이 행동할 테니까."

"그래. 내려가서 푹 쉬었다가 와."

"응."

천식은 더 이상 캐묻지 않았다. 형민이 시키는 대로 비행기 시간에 맞춰 택시를 타고 공항으로 달리고 있었다.

기팔이는 종혁이가 시킨 대로 석주의 여자애들이 들락 거리는 모텔로 들어갔다.

카운터에서 여자애 하나를 불러달라고 하고선 방으로 들어갔다. 샤워를 하고 기다리는데 방문을 노크하는 소리가 들려왔다.

"들어와라."

기팔의 말에 방문이 열리며 앳된 아가씨가 방으로 들어 왔다. 나이는 불과 스무 살이나 될까 말까한 여자애였다.

"안녕하세요."

여자애는 누워 있는 기팔의 몸에 난 문신을 보고는 약간 긴장하는 듯했다.

"그레 씻고 와라."

"네."

여자애가 욕실로 들어가서 씻고 나올 때까지 기팔은 비디오를 보고 있었다. 비디오를 보면서 왜 종혁이 자신을 불러들였는가에 대해서 생각을 하고 있었다.

강서구청에서 다른 조직이 싸움을 걸어왔다는 이야기는 들을 수 있었다.

그래서 여자애들이 그쪽에 발가벗겨진 채로 감금이 돼 있다는 말도 들었었다. 그래서 이쪽에서도 여자애를 납치 하자는 말을 들었지만 종혁의 말끝에는 납치하는 시늉만 하고는 그만두라는 언질이 있었던 것이다.

'그럼 뭐야? 시비를 걸다가 말라는 거야 뭐야?'

'그래서 저쪽에서 애들을 놔주기를 바란다는 뜻이야?'

기팔은 종혁의 말뜻을 알아듣지를 못하고 있었다.

왜 그렇게 해야 되는지 이유를 알 수 없었다.

차라리 그럴바엔 전쟁을 치러서 애들을 빼내오는 것이 낫겠다는 생각이 들었다.

욕실로 들어간 여자애가 밖으로 나왔다.

물 젖은 몸매는 탄력이 있어 보였다.

이제 갓 스물이 되었을까 말까한 여자의 육체에서는 젖비린내가 나는 듯했다.

"애무해줘요?"

그녀는 으레 하는 말을 하면서 침대로 올라왔다.

"그걸 말이라고 하나?"

"?"

여자애는 순간 당황하는 기색이었다. 직감으로 조직폭력배라는 걸 알아챘을 것이다.

온 몸에 용의 문신을 한 사내의 허벅지가 탄탄해 보였다. 군데군데 칼집 자국이 드러나 있는 게 보였다.

그녀는 엎드려서 사내의 몸을 핥기 시작했다.

대개 남자들은 여자가 애무를 하는 동안, 여자의 가슴이나 엉덩이를 손으로 더듬었지만 이 사내는 그러질 않았다.

그녀는 속으로 꽤나 무뚝뚝한 사내이거나, 여자에게 손 대는 것을 싫어하는 타입의 남자이거나, 곧바로 섹스로 돌입하기를 좋아하는 사내일 거라고 생각했다.

애무를 마친 그녀가 몸을 일으키면서 남자의 얼굴을 쳐다보았다.

"제가 위에서 해요?"

"애무 다했냐?"

"네…."

"아직 멀었어. 좀 더 해 봐."

사내의 성기는 불끈 서 있었지만 그는 애무를 더 하라고 그랬다.

그녀는 할 수 없이 다시 애무를 시작했다. 어쩌면 사내가 애무를 즐기는 건지도 모른다고 생각했다.

한참 애무를 한 그녀는 눈을 감고 있는 사내의 얼굴을 올려다보면서 말을 꺼냈다.

"이제 됐어요?"

"…."

사내는 눈을 감은 채로 말이 없었다.

"…?"

그녀는 난감해졌다. 실컷 애무를 해줬는데도 사내에게서 아무런 반응이 없다는 것은 곤욕스러운 일이었다.

"애무 다 했어요. 해도 돼요?"

"…."

역시 사내는 말이 없었다.

한편 종혁은 단란주점으로 가서 술을 마시고 있었다. 알리바이를 만들기 위해 그는 화곡동에서 거리가 좀 떨어진 곳의 모르는 단란주점으로 들어가서 아가씨 한 명을 끼고서 모처럼 느긋한 시간을 즐기고 있었다.

약간 술이 취할 정도로 술을 마신 그는 옆에 앉은 아가씨의 몸을 주무르면서 외박이 어떠냐는 식으로 나왔다.

"호호. 좋아요. 사장님은 뭐하세요?"

"나? 보도방 하지."

"엥? 보도방 해요?"

"왜? 그런 거 하는 사람이라서 여기 못 오나?"

"어디서 하는데요?"

아가씨는 호기심 어린 얼굴로 종혁을 쳐다보았다.

"여기서 하지. 어디긴 어디야?"

"그럼 화곡동?"

"응."

"에게! 그럼 거기 있는 아가씨들도 많잖아요? 거기 있는 아가씨들 아무나 불러서 외박하면 안 돼요?"

그녀는 아직 보도방에 대해선 자세히 모르는 듯했다.

"야, 내가 보도방이라고 해서 여자애들을 막 주무르면 되겠냐?"

"그러면 안 돼요? 이왕 옷을 벗고 돈을 받는 애들인데 뭐 어때요?"

"하하. 그렇진 않지. 내가 데리고 있는 애들은 그렇게 안 해."

"어머! 그럼 신사적이라는 거잖아? 보도방이 아가씨 하나 못 데리고 자요?"

"그러니까 따로 술 마시러 왔지. 너 오늘 어때?"

"좋아요! 나도 그 보도방에나 들어갈까? 오빠가 보도방이야?"

"그래. 나한테로 올래?"

"생각해 보고. 내가 가면 돼?"

아가씨는 생각이 있는 듯했다.

"그럼! 우리 애들은 하루에 60만원은 번다. 그럼 됐나?"

"그렇게 많이 벌어요? 하루에?"

"그럼! 내가 거짓말하겠나?"

"그럼 나도 생각 함 해보고요. 내가 가면 오빠는 나한테 잘 해줄 거지?"

"그걸 말이라고 하나. 술이나 한 잔 따라."

종혁은 술잔을 내밀었다. 그녀가 술을 따르는 동안, 종혁은 그녀의 젖가슴 속으로 손을 집어넣었다.

술을 비우고 난 종혁은 양주 반병을 남겨놓고서 그녀를 데리고 밖으로 나왔다. 술집 근처에 있는 모텔로 들어가 섹스를 하고는 깊은 잠에 빠져 있었다.

형민은 끼치산 터널 쪽으로 차를 몰았다.

우회전해서 골목길로 접어들었다. 낮에 갔던 길이었다.

단층집에서 조금 떨어진 곳에 차를 세운 그는 담배를 꺼내 입에 물었다. 유리창 밖으로 연기를 내뿜으면서 백미러를 통해 단층집을 살피고 있었다.

30분쯤 지났을까.

철 대문이 열리는 소리가 들리면서 사내놈들 여럿이 나와 차에 올라타는 모습이 보였다. 그 뒤를 따라 여자애들이 따라 나와서 차의 뒷좌석에 올라타는 모습이 보였다.

차는 어디론가 곧 출발을 했다.

잠시 뒤에 차에서 내린 형민은 주위를 한 번 살피고는 단층 집으로 다가갔다. 아까 집에서 뛰쳐나온 놈들이 열어 놓은 철 대문이 그대로 열려져 있었다.

그는 망설임 없이 안으로 들어갔다.

현관에서 불빛이 흘러나오고 있었다.

현관 앞에서 잠시 안쪽의 동정을 살피다가 조심스럽게 현관문을 열었다.

약간 열린 문틈으로 거실이 보였다.

거실엔 아무도 없었다.

거실에 TV가 켜져 있는 것으로 봐서 조금 전에 뛰쳐나간 애들이 보다가 황급히 나가느라 켜놓은 것일 수도 있고, 어쩌면 석주가 방으로 들어가느라 그냥 켜둔 것일 수도 있었다.

그는 현관문을 조심스럽게 열고선 거실로 들어섰다. 그의 구두 밑창엔 청테이프가 붙여져 있었다. 발자국 지문을 없애기 위해서 그런 것이었고, 그의 손은 장갑이 끼워져 있었다.

소리 없이 들어선 그는 닫혀진 방문을 살폈다. 방이 세 개였다. 그 가운데 하나는 미오와 경애가 갇혀 있는 방이었다. 나머지 두 개의 방문을 살피면서 욕실 쪽으로 걸어 갔다.

"…?"

욕실 쪽도 조용했다. 발을 들어 방 쪽으로 옮기려다가 욕실 안에서 휴지걸이가 움직이는 소리가 들려나왔다.

그는 발걸음을 멈추고선 욕실문 손잡이를 움켜잡았다. 분명히 안에선 사람의 기척이 있었다. 휴지걸이에서 휴지를 뜯는 소리가 들려나왔다.

그는 조심스럽게 손잡이를 비틀면서 문을 열었다.

"어?"

변기 위에 앉아 있던 석주가 슬그머니 들어선 형민을 보고는 입을 딱 벌렸다.

순간적으로 그의 칼날이 움직였다.

억!

석주의 목 어깨에 칼날이 꽂히면서 검붉은 피를 내뿜으며 옆으로 쓰러져 내렸다. 형민은 재빨리 수건으로 칼날이 꽂힌 부위를 감싸고는 석주의 얼굴을 들여다보았다.

석주는 단 한 칼에 목숨이 끊어져 버린 뒤였다. 목 어깨의 급소에 정확하게 칼날이 꽂혀 있었다. 석주의 부릅뜬 눈알을 바라보면서 그는 쓸쓸하게 웃음을 짓고는 그 자리를 빠져나왔다.

안방으로 들어간 그는 방안의 물건들을 어지럽게 뒤지기 시작했다. 석주의 양복 안에서 수표가 든 지갑을 꺼내고는 다시 돈을 숨겨놓을 만한 곳을 다 뒤졌다.

그러나 허탕이었다.

순식간에 방안을 아수라장으로 만들어 버린 그는 거실로 뛰어나왔다.

철대문을 빠져나온 그는 차가 있는 반대편 골목을 내려갔다가 아무도 마주친 사람이 없다는 것을 알고는 다시 차가 있는 곳으로 걸어갔다.

그가 골목을 빠져나올 때까지도 골목 안으로 들어서는 사람은 없었다.

찻길로 나온 그는 까치산 터널로 들어갔다가 터널 너머의 찻길 가에다 차를 세운 뒤에 담배를 꺼내 물었다.

"…"

그는 그제서야 밤하늘을 쳐다보았다. 밤하늘에 떠 있는 별빛이 오늘따라 유난히 차갑게 느껴지는 밤이었다.

터널로 들어서는 차량의 불빛들이 반대편 차선을 비추며 달리고 있었다.

반쯤 태우다 만 담배를 창 밖으로 던져버린 그는 언덕 아래로 내려갔다가 유턴을 해서 다시 터널 속으로 올라오고 있었다.

그는 석주의 여자애들이 단골로 드나드는 모텔을 더듬으며 천천히 차를 몰았다. 골목에서 여러 명의 건장한 사내들과 실랑이를 하는 기팔이를 목격하고는 멀찌감치서 차를 세웠다.

기팔이는 여러 명의 사내들에게 둘러싸여 멱살잡이를 하고 있었다.

"…"

형민은 기팔이를 만만치 않게 보고 덤비는 사내들을 지켜보고 있었다.

기팔이가 여자애한테 행패를 부렸다가 여자애의 전화를 받고 달려온 건장한 사내들에게 우격다짐을 받고 있는 중이었다.

"야. 너도 좀 노는 모양인데 여자애를 잡고 이게 뭐 하는 거야?"

건장한 사내의 말에 기팔이도 지지 않고 있었다.

"뭐? 좀 노는 모양인데? 나한테 하는 말이냐?"

"그래. 너한데 했어. 여자 보지 따먹으려면 곱게 따먹어 야지 그게 뭐냐?"

"하하. 그런가?"

기팔이의 주먹이 날아가긴 했지만 곧 건장한 사내의 손에 붙잡혔다.

기팔이가 일부러 느린 동작으로 주먹을 날린 듯했다.

"어? 놔!"

"어허. 주먹은 함부로 쓰는 게 아니라니까!"

기팔이가 여러 명의 사내들에 의해 붙잡힌 형국이었다. 그러나 그 중에서 누구 하나 기팔이에게 주먹을 날리진 못 하고 있었다.

이미 기팔의 체격을 본 그 놈들은 술이 취해서 여자애한테 시비를 건 주먹잽이 쯤으로 알고 있는 듯했다.

그럴 때는 그들도 여자애한테도 문제가 있는 것인지 모르기 때문에 기팔이에게 함부로 주먹을 날렸다간 일이 더 커진다는 것을 알고 있었다. 그래서 조용하게 일을 마무리 지을 생각인 듯했다.

결국 여러 명에게 팔을 잡힌 기팔은 조용해지고 있었다.

"형씨. 그냥 좋게 가쇼. 우리도 밥 벌어먹고 사는데 이 쯤에서 그만둡시다."

사내 중의 한 명이 기팔에게 말을 던졌다.

"그래. 이거 놓지."

기팔이가 못 이기는 척하면서 투덜거렸다.

"그래. 놔줘라."

사내 중의 하나가 말을 했고, 기팔의 손목을 잡고 있던 놈들이 꺾었던 팔을 풀었다. 팔이 풀린 기팔은 어깻죽지가 아픈지 어깨를 주무르고 있었다.

"야 괜찮냐?"

사내 중의 한 명이 겁에 질려 서 있는 여자애한테 버럭 소리를 질렀다.

"응. 괜찮아."

"차에 타."

사내들이 여자애를 호위하듯이 차에 태우고 사라지고 나서 기팔은 멍하니 그 자리에 서 있었다.

"…."

형민은 기팔의 모습을 지켜보면서 가까이 다가가지 않았

다.

기팔이 핸드폰을 꺼내 어디론가 전화를 하고 있었다.

종혁이 잠을 자다가 일어나 기팔의 전화를 받았다.

옆에는 아가씨가 곤히 잠들어 있었다.

"응, 나야….".

종혁은 잠결에 말을 내뱉었다.

"나, 영등포구청장이오. 어디요?"

"왜? 일이 끝났나?"

"응. 방금 끝났어. 애들이 여자애를 데리고 꺼져버렸어. 한참 시비가 붙었지."

"맞았나?"

종혁은 그것부터 물어보았다.

"내가 맞나, 하하. 나를 보고서도 걔들은 나를 몰라봐 하하. 일은 잘 끝났어. 그럼 됐나?"

"수고했어! 내 구역을 도와줬는데 담에 내가 한 잔 사지. 형님한테 보고를 해서 영등포구청장이 나를 도와줬다고 술 마실 포상금 좀 내려달라고 하겠다. 아무튼 수고했어. 이제 걔들이 여자애들을 풀어 주겠지. 안 그러냐?"

"하하 그럴지도 모르지 낌새가 안 좋았던 건 사실이니까. 내가 여자애를 데리고 가려고 그랬다는 걸 알면 잘 해결될 거 같네 머."

"지금 가려고?"

"끝났으니까 가야지. 지금 잔다고 했으니까 술 한 잔 하러 나오라고 할 수도 없고."

"그거는 했나?"

"하하. 했지. 나이가 어리더라. 스물이나 됐을까 말까 한 삐삐였어. 시간을 끄느라 애를 좀 먹였지."

"수고했어. 내일 전화할게."

"그래. 나 간다."

통화를 마친 기팔은 핸드폰을 품에 넣고는 찻길로 나갔다. 기팔이가 택시를 타고 가는 모습을 묵묵히 바라보고만 있던 형민도 조용히 차를 움직이기 시작했다.

그 길로 그는 곧바로 봉천동으로 가지 않고 남부순환도로를 따라 달리다가 서부간선도로로 들어갔다.

서부간선도로는 서해안고속도로와 곧바로 연결이 되었으므로 그 길을 타고서 곧장 내려갔다.

아산만에서 서해안고속도로가 끝이 났다.

차에서 내린 그는 방파제 위로 올라가 시커먼 밤바다를 바라보고 있었다.

그의 가슴엔 온갖 상념들이 교차하고 있었다.

조직을 키우기 위해서 선택한 일이라고 스스로 자위를 했다.

한참동안 그는 담배를 피우며 세찬 바람을 맞고 서 있었다. 아직도 날이 밝으려면 서너 시간은 있어야 했다.

석주의 지갑을 꺼내 바닷물에다 힘껏 던져버린 그는 홀가분해지는 기분이었다.

차로 돌아온 그는 의자를 뒤로 젖히고는 잠을 청했다.

이런 날은 어느 곳에도 들어가지 말아야 한다. 사람의 눈에 띄는 것조차 피하기 위해 그는 차안에서 잠을 자야 했다.

모처럼 만에 차안에서 잠을 자는 그였다.

옛날에 조직의 끄나풀로 있을 때에 상대편 조직원의 아킬레스건을 끊고서 도망쳐서 차안에서 잤던 기억이 떠올랐다. 그 날도 그는 모텔이나 집에 들어가지 않았다.

조직원들끼리의 칼싸움은 대개 그대로 묻혀지기 일쑤였다. 칼을 맞은 놈은 조직에 누가 될까 봐 쉬쉬했고, 칼침을 놓은 놈은 상대편 조직의 보복을 피해서 잠시 피신해 있어야 했다.

그 뒤로부터 형민은 조직에서 떠나버렸던 것이다. 언제 칼을 맞고 쓰러질지 몰랐기 때문에 숨어버린 것이었다.

그리고 나서 호구지책으로 보도방에 손을 댄 것이었다.

오늘따라 달빛이 유난히 밝았다.

뒤척거리던 그는 새벽 늦게서야 겨우 잠이 들었다.

아침에 해안도로를 따라 달리는 차 소리에 잠이 깬 그는 천식에게 전화를 걸었다.

"응. 형. 지금 올라가려고 그래."

"어디냐?"

"모텔이지. 제주도에 있는 그랜드 모텔이야. 1212호실이야

공항 바로 앞에 있는 모텔이지."

천식은 미리 형민에게 상세한 약도까지 말해주고 있었다.

"숙박부는 적었나?"

"응. 별일은 없어. 형은?"

"난 잠시 서해안에 내려와 있다. 조금 있다가 올라갈 거니까 서울 오면 상세한 약도 그려줘라."

"응. 알았어. 나 곧 나가야 돼 비행기 시간이 다 됐어. 첫 비행기야."

"그래. 잘 올라와라. 이따 보자."

통화를 끝낸 형민은 아산만에 있는 횟집에 들러 아침을 먹고는 다시 서해안고속도로를 타고 서울로 올라가고 있었다.

이번엔 종혁으로부터 핸드폰이 걸려왔다.

"형 어디야? 집에 안 들어갔어?"

"그래. 지금 올라가고 있는 중이다. 잘 됐나?"

"응. 어젯밤에 기팔이하고 통화했어. 난 단란주점에 있는 여자애 하나 끼고서 자고 있는데 전화가 왔어. 다 끝났다고 하면서."

"그래? 잘 됐네."

형민의 목소리는 잠에서 덜 깬 듯 무겁게 들려왔다.

"어떻게 됐어?"

종혁은 그것부터 궁금해했다.

"잘 끝났어."

"참! 어젯밤에 미오하고 경애가 돌아왔드라."

"그래?"

"그 놈들이 풀어줬다는군. 어떻게 된 거지?"

"걔들한테 좀 잘해 줘라. 돈이나 좀 줘서 며칠 쉬라고 그래."

"응. 알았어. 근데 어떻게 됐어?"

"지금 올라가고 있으니까 올라가서 이야기하자. 개봉동 쯤에서 만나자. 한 시간 반 정도 뒤에 거기서 전화해라."

"응. 알았어."

형민은 차의 속도를 올렸다. 이른 아침이라 아직 차들은 그리 많지 않았다.

서부간선도로에서 개봉동으로 빠져나온 형민은 개봉동 사거리에서 종혁의 전화를 받고선 한적한 곳에 있는 커피숍으로 들어갔다.

"형. 어디서 잤어?"

"바닷가에서 차안에서 잤지."

"왜? 모텔에 들어가서 자지."

"이런 일을 해치우고 나면 혼자 있는 게 좋아."

"어떻게 됐어?"

종혁은 커피 잔을 내려놓으면서 다급히 물었다.

"깨끗이 해치웠지. 그 놈밖에 없었어."

"혼자?"

"그래."

형민은 커피 잔을 들어 입안의 텁텁함을 헹궈냈다. 어젯 밤부터 양치질을 하지 못한 입안은 뻑뻑해 있었다.

"완전히 죽었어?"

"그렇다니까. 내가 확인까지 했지."

"그럼 옆방에 있는 우리 애들도 모르나?"

"모를 거다. 소리 없이 해치웠으니까."

"아…!"

종혁은 형민의 그런 행동에 감탄을 금치 못했다. 그런 행동을 보일 때의 형민은 마치 딴 사람 같아 보였다.

"봐라. 애들이 우두머리가 칼에 맞아 죽고 나니 경찰에게 들킬까봐 얼른 우리 애들을 보내 버린 거야. 아마 지금쯤 걔들은 다 토꼈을 껄?"

"토껴?"

"그건 안 봐도 알지. 이미 조직이라는 걸 알아차린 경찰이 걔들을 가만 놔두겠어? 그대로 잠적해 버렸을 거다."

"그럼 다 흩어졌다는 말이야?"

"그래. 우리 애들을 돌려보내고 나서 다 뿔뿔이 도망쳤겠지. 남아 있어 봐야 범단 조직으로 붙잡혀 들어가는 일 밖에 더 있냐."

"…"

종혁은 형민의 그런 머리에 혀를 내둘렀다. 그런 데까지 미리 머리를 쓰고 있는 형민이었다.

"그럼 지금쯤 경찰이 덮쳤겠네?"

"아마 어제 저녁에 경찰이 들이닥쳤겠지. 조직의 소행이냐, 아니면 강도의 소행이냐, 그것도 아니면 개인적인 원한에 의한 소행인지 경찰도 좀 헷갈릴 거다."

"강도? 그럼 형이 뭘 꺼내왔다는 거야?"

"지갑을 털어 왔지. 방안을 아수라장을 만들어 놨으니까."

"아, 강도의 소행으로 알게 하려고?"

"그렇지. 원한이냐 강도의 소행이냐로 헷갈리게 해놓은 거지."

"그럼 천식이가 지금 올라온다는데, 형이 보낸 거야?"

"응. 내 알리바이를 만들어 놓으려고."

"그렇구나!"

그제서야 종혁은 형민의 복잡하게 돌아가는 머리속을 다 알아차린 듯했다.

"칼에 지문은?"

종혁이 다시 물어왔다.

"당연히 장갑을 끼지. 그래야 경찰이 흔적을 찾을 수 없으니까."

"아…."

종혁은 감탄을 했다.

형민이 아주 치밀하게 준비했다는 생각이 들었다.

"형. 어디 밥이나 먹으러 가."

"그러자…"

자리에서 일어난 그들은 커피숍을 나왔다. 일식집으로 들어간 그들은 회를 먹으면서 간단하게 소주를 마셨다.

"형. 괜찮을까?"

종혁이 주위를 둘러보며 물었다.

"내가 하는 건 완벽해. 너도 앞으로 그런 걸 배워 둬라. 훈련장은 만들었나?"

오피스텔을 말하는 거였다.

"계약했어. 곧 비우면 들어가면 돼."

"오늘 나하고 원주나 갔다 오자. 효진이 한테 전화해서 오늘 원주 간다고 그래."

"그래. 그럼 천식이는? 만나기로 안 했어?"

"올라오면 전화하겠지. 천식이는 그냥 일하고 있으면 되니까."

"그럼 알았어."

종혁은 핸드폰을 꺼내 효진한테 오늘 원주에 갔다가 온다고 말하고선 일을 잘 보라는 말을 남겼다.

"오빠 잘 갔다 와 미오하고 경애는 어디 여행이나 갔다 온대"

"그래. 며칠만 쉬다가 오라고 그래."

"응. 여기 일은 신경 쓰지 마."

통화를 끊은 종혁은 회 값을 지불하고는 밖으로 나왔다.

"차 두 대로 가야잖아?"

"그러지. 나도 혼자 운전하고 싶으니까. 넌 네 차 몰아."

두 사람은 각자의 차에 올랐다. 종혁의 차가 앞장을 섰고, 형민은 종혁의 차를 따라 달렸다.

원주에 도착한 그들은 원주교도소 정문 앞에 차를 세웠다. 면회를 신청하고 나서 기다리는 동안, 종혁이 자판기에서 커피를 뽑아왔다.

대기실에 앉아 커피를 마시고 있었다.

조금 있다가 차배수의 면회를 신청한 순번을 알리는 벨소리가 스피커를 통해서 들려나왔다.

면회실로 들어선 차배수와 형민은 다소 친해진 듯했다.

"왔나?"

차배수는 전과 다르게 입가에 웃음을 달고 있었다.

"잘 있었나?"

"그래. 어쩐 일이냐? 나갈 때 온다고 해놓고선."

"일이 있어서 왔어. 가출옥 날짜는 잡혔나?"

"어제 주임이 다녀갔어. 모레 나갈 거라고. 미리 준비하라고 그러더군. 형민 씨가 이번에 수고했어."

차배수는 진정으로 고마워하는 눈치였다.

"수고하긴 여기 있는 동생이 강종혁이다. 서로 인사나 해라."

"강종혁입니다. 앞으로 잘 부탁합니다."

종혁이 먼저 고개를 숙여 보였다.

"나, 차배수다. 형민 씨로부터 이야긴 많이 들었다".

차배수는 고개를 숙이지 않은 자세로 종혁의 인사를 받았다.

"앞으로 너 밑에 들어갈 놈이다. 아주 일을 잘하지. 네가 좀 갈쳐 줘라."

"하하. 그럼 잘 됐네. 그러지."

차배수는 흡족해 했다.

"멋진 부하 한 명 됐다고 생각해라. 내가 제일 아끼는 놈이니까."

"혹시 나를 경계하려고 내 밑에 두는 건 아니겠지? 난 그런 거 싫어하니까."

"그럴 리가 있나. 이 놈도 조폭으로 키워야 할 놈이니까 네 밑으로 보내는 거다. 내가 널 빼내서 같이 있겠다는데 그런 욕심을 차릴 수가 있나."

"그럼 고맙게 생각하겠다. 모레 올 거냐?"

"밤에 여기 와서 밖에서 기다리지. 새벽 다섯 시에 나오나?"

"그래. 내 동생들도 그때 와서 기다릴 거다. 같이 만나면 좋을 텐데 말이야."

"알았어. 동생들같이 생긴 놈들 보면 내가 알아서 할 테니까."

"오늘 와줘서 고맙다. 먹을 거나 많이 넣어주고 가라. 돈은 필요 없고."

"알았다. 그럼 모레 보자."

형민과 차배수와의 대화가 끝나고 나서 이번엔 종혁이 나섰다.

"형님. 몸 건강히 계십시오. 모레 오겠습니다."

종혁은 깊숙이 몸을 숙이고는 인사를 했다.

"잘 가라. 조심해서."

"네. 형님."

종혁은 다시 한 번 깍듯이 몸을 굽히고는 차배수에게 예의를 갖췄다.

면회실 밖으로 나온 형민은 면회실 출입구의 유리창문으로 차배수가 나가는 것을 지켜보았다. 차배수도 문열고 나가서 유리창문으로 뒤를 돌아보았다. 두 사람은 서로 손을 들어 인사를 하고는 헤어져 밖으로 걸어나갔다.

"어디 좀 가서 놀다가 갈까?"

차에 오른 형민은 이대로 서울로 돌아가고 싶지 않았다. 어디론가 가서 있다가 서울로 가고 싶었다.

"형 어디로 갈까? 아직도 마음이 그래?"

"하하. 그런 거 아니고. 앞으로의 일에 대해서 생각 좀 해 볼 게 있어서 그런 거지."

"그럼 문막으로 가서 강가로나 가볼까?"

"그쪽으로 가봐."

이번에도 종혁의 차가 앞장을 섰다. 문막에서 간현유원지로 들어선 그들은 바로 앞에 보이는 강을 내려다보고 있었다.

창문을 열어놓고서 담배를 피우고 있었다.

"형. 전에도 사람을 죽여 봤어?"

"언제?"

종혁은 마치 형민이 조직세계에서 있다가 보도방으로 뛰쳐나온 게 아닌가 하는 생각이 들었다.

"옛날에 말야. 그런 걸 하는 걸 보니 아무래도 그런 생각이 들어서."

"그래. 옛날엔 조금 있었지. 내가 어렸을 때였으니까."

형민은 연기를 내뿜으면서 강 쪽을 바라보았다.

"그래서 그렇구나. 난 또⋯."

종혁의 눈빛은 형민을 우러러보는 듯한 태도였다.

"그때는 겁이 없었지. 칼만 잡으면 겁날 게 없었지."

"그랬구나⋯."

"너도 앞으로 그런 마음을 가져야 돼. 사람은 일단 강하고 봐야 돼. 힘이 없으면 눌리게 돼 있어. 조직에서는 사람을 죽일 때도 잔인하게 죽여야 뒤탈이 없어. 그걸 겁내면 조직에서 살아남을 수 없어."

"⋯."

"넌 할 수 있을 거다. 기본이 돼 있는 놈이니까."

"내가? 기본이 뭐가 돼 있어?"

"넌 체력과 칼 쓰는 것만 배우면 돼. 앞으로 훈련 열심히 해라. 그게 너를 살리는 길이니까."

"그건 알았어. 나도 한 번 해보고 싶은 거니까."

종혁은 이제 자신이 보도방의 일만 하는 것이 아니라, 조직 세계로 뛰어든 셈이라고 생각하고 있었다.

"무슨 일을 하든지 뒤가 깨끗해야 되는 거다. 뒤가 깨끗지 못하면 언제든지 뒤통수를 맞게 돼 있으니까."

"누구한테?"

"그건 아무도 몰라. 같은 조직에서도 칼부림이 날 수도 있고, 다른 조직에서도 꺾으려고 항상 덤비는 거니까. 항상 뒤를 조심하라는 거야."

"알아….."

"병신이 되고 나면 완전히 퇴물이 되는 거니까."

"…."

"내가 옛날에 다른 조직의 애를 아킬레스건을 끊어 놓은 적이 있어. 그 놈은 그 길로 끝장이 난 거지. 아킬레스건만 끊어 놓으면 그 놈은 시체가 되는 거다."

"발 뒤쪽 아킬레스?"

"그래. 그것만 끊어 놓으면 남자로서는 끝장이지. 심장에 칼을 꽂는 것보다 더한 거지."

"…."

종혁은 묵묵히 듣고 있었다.

"아킬레스건을 끊어 놔야 할 놈이 있고, 심장에다 칼을 꽂아 버려야 할 놈이 있는 거다. 아킬레스는 항복을 받는 것이고, 심장에 꽂아 버리는 것은 영원히 땅 속에다 묻어 버리는 거니까."

"…."

"넌 내가 왜 그 놈한테 목에다 칼을 꽂았는지 모르지?"

"응…."

"내가 보는 앞에서 우리 애들을 발가벗겨서 우리한데 보라고 그랬어. 내가 여자애들의 발가벗긴 몸을 보고 가만히 있겠냐?"

"…."

"그건 나를 멸시하는 거야. 그 놈들은 그걸 몰랐어."

"아…."

종혁은 그제서야 형민의 그때 심정을 알 만했다. 눈앞에 보이는 데서 여자애들을 발가벗긴 것이 그 놈들의 결정적인 실수라는 걸 알아차렸다.

"남자는…."

형민은 다시 담배를 꺼내 불을 붙였다.

"……?"

종혁은 형민의 옆얼굴을 쳐다보고 있었다. 그의 얼굴이 섬

뜩하리만큼 굳어 있었다.

"내가 어렸을 때에 우리 아버지가 엄마를 그렇게 해서 패댔어. 난 그런 아버지를 죽이고 싶었던 거지."

"언제? 어렸을 때에?"

"그래. 그런 걸 보면서 자랐으니까."

"…."

"아버지에게 복수하고 싶었던 거지. 아버지는 술만 취해서 들어오면 엄마를 발가벗겨 놓고서 개 패듯이 패댔어. 내가 보는 앞에서. 난 그때 어렸었지만 지금도 그때 일을 기억하고 있어. 엄마가 울부짖으며 발버둥을 칠 때에 드러 난 사타구니의 모든 것을 난 보고 말았지."

"…."

종혁은 형민의 목소리에서 침울한 그림자를 들여다보는 것 같았다. 무슨 말로 형민을 위로해야 할지 몰랐다.

"넌 아직 그런 걸 못 봤을 거다. 여자가 남자한테 맞으면서 울부짖는 그 괴성을. 난 내 두 눈으로 똑똑히 봤지. 여자의 자존심과는 상관없이 매맞기에 정신이 없을 때의 처절한 몸짓을. 난 여자의 알몸이 어떻다는 걸 그때부터 알았지. 엄마로부터……."

"으응…."

"그런데 어젯밤에 난 꼭지가 돌 뻔했어. 그 자리에서 모조리 다 죽여 버리고 싶었지만 꾹 참았어. 조금만 참으면 속 시원히 죽여주마 하고 말이야."

"…."

"너도 앞으론 약하게 굴어선 안 돼. 강할 땐 강하게, 약할
땐 약하게 나가야 돼. 남자 새끼가 비굴하면 비굴한 대로 일
찍 뒈지게 돼 있어."

"응."

"넌 이제 차배수 밑에서 많은 걸 배워라. 왜 남자가 칼을 써
야 되는가를."

"알았어. 형."

종혁은 형민의 아픈 과거를 건드려 놓은 것이 미안하고 송
구스러웠다. 형민이 형의 차가운 면을 다 들여다본 것만 같았
다.

"이제 가자. 앞장서라. 내가 따라가지."

종혁은 차에서 내려 자신의 차로 걸어갔다.

간현유원지에서 빠져나와 문막 인터체인지에서 영동고속
도로로 올라갔다.

서울로 돌아온 그들은 조간신문에 대문짝만하게 난 어젯밤
살인사건의 기사를 볼 수 있었다.

폭력조직 두목 무참히 살해

신문에선 원한에 의한 보복 살해로 보고 있었다. 강도를 가

장하기 위해 지갑을 빼내갔지만 사건 정황에서는 피해자가 욕실의 변기 위에 앉아 있는 무방비 상태에서 예리한 칼날에 의해 목 부위의 급소를 단 일격에 살해를 했다는 기사였다.

가해자는 오랫동안 앙심을 품고 있다가 보복한 것으로 추정하고 있었다.

칼날이 꽂힌 위치로 봐서는 보통 칼잽이가 아니라는 점도 강조하고 있었다.

"형 이거 났어."

종혁이 신문을 보면서 말했다.

형민은 신문을 볼 필요성도 느끼지 않고 있었다. 방안에서는 여자애들이 고스톱을 치느라 정신이 없었다.

"천식이 어디 있는가 물어봐라."

형민은 그 말뿐이었다.

종혁은 핸드폰으로 천식을 불러 냈다.

"지금 집으로 오고 있대."

"…."

형민은 안방으로 들어가서 벌렁 드러누웠다. 종혁이 들어와서 옆에 앉았다.

"형. 괜찮을까?"

"…."

형민은 눈을 감아 버렸다. 일단 끝난 일에 대해선 더 이상 생각하고 싶지 않았다. 신문에서 아무리 떠들어댄다고 해서 신경을 쓸 필요가 없었다.

현관문이 열리는 소리가 들렀다.

"형. 천식이가 왔나 보네."

그 말이 떨어지기가 무섭게 천식이가 방으로 들어왔다.

"형."

천식이가 방바닥에 누워 있는 형민을 불렀다.

"앉아."

"…."

천식이가 종혁의 옆에 앉자, 형민은 그제야 눈을 떴다.

"네가 묵은 모텔 약도나 그려봐라. 방 위치하고 정확하게."

형민의 지시에 천식은 제주 공항에서부터 몇 미터 정도의 거리에 있고, 찻길 건너편에다 모텔 위치를 그려넣고선 다시 모텔 안의 내부를 그리기 시작했다.

"다른 모텔들과 똑같아. 처음 들어가는 입구 오른편에 카운터가 있고, 카운터에서 일층 121호실이니까. 복도를 따라 쭉 들어가면 왼편에 1212호실이 있어."

"…."

형민은 천식이가 그려내는 모텔의 내부 구조를 익히고 있었다.

"방문을 열고 들어가면, 방 입구에서 왼편에 샤워실로 나가는 문이 있어. 여기."

천식은 방 내부를 그리고선 입구 문 바로 옆의 왼쪽 벽에 샤워실로 나가는 문을 그리고 있었다.

"글고 오른편에는 다른 모텔들하고 똑같이 큰 거울이 벽면에 붙어 있고, 그 밑에는 화장대가 놓여 있으니까. 그리고 이쪽에 소파와 작은 탁자가 하나 놓여 있거든. 침대는 여기 있고… 천식은 소파의 위치와 탁자, 그리고 침대의 위치까지 정확하게 그렸다.

"전화기는?"

"아, 그건 여기 침대 옆에 조그만 탁자가 따로 또 하나 있어. 여기 있어."

천식은 침대 옆의 작은 탁자 하나를 그리고는 그 위를 가리켰다.

"음, 됐어. 너, 그때 내려가서 카운터에서 니 얼굴 본 사람 있나?"

"별로. 뭐 그런 곳에 드나드는 사람 얼굴을 자세히 보나? 카운터에서 나를 봐도 잘 모를 걸? 작은 유리창으로 돈이나 받고 그러는 덴데 머. 사람 얼굴까지는 잘 볼 수 없었을 거야. 난 그때 모자를 쓰고 있었고, 안경을 하나 쓰고 있었어. 마스크까지 했는데 누가 알아봐?"

"그 모자하고 안경 좀 줘 봐."

천식은 얼른 일어나서 옷장 안에 걸어둔 모자를 끄집어 냈고. 옷 주머니 속에서 안경을 꺼냈다.

"이거야"

"알았어."

형민은 안경을 써 보고는 자신의 호주머니 안에 집어넣었다.

"형 오늘 신문에 난 거……."

천식이 조심스럽게 말을 꺼내다가 말았다.

"그래. 입 다물어. 그대로니까."

"…."

종혁과 천식은 더 이상 그 문제에 대해서 입을 열 수가 없었다. 형민이 다시 누운 채로 눈을 감아 버렸다.

"종혁아."

"응."

"넌 이제 화곡동으로 가라. 혹시 무슨 일이 일어나면 곧바로 연락하고."

"응. 알았어. 근데 기팔이는 어떻게 하지? 어젯밤에 기팔이한테 뭐 좀 해준다고 그랬는데."

"…."

형민은 잠시 생각하는 듯했다. 그러나 그는 곧 입을 열었다.

"기팔이한테 포상금 좀 내려보내라. 수고했다고 하고."

"얼마나?"

종혁은 될 수 있으면 형민에게 말을 아꼈다.

"큰 거 한 장 줘라. 그거면 될 거다."

"천?"

"그래."

종혁을 알았다는 듯이 일어나서 형민에게 인사를 보내고선 밖으로 나갔다.

"형 나도 일 좀 해야 돼 나 나갈게. 자."

"…."

천식이도 밖으로 나가버리고 나서 형민은 곧 잠을 청했다. 피곤이 한꺼번에 몰려오는 듯했다.

차를 몰고 찻길로 나온 종혁은 효진에게 전화를 걸었다.

"응. 나야 일은?"

"응. 오빠 나 지금 일 나가는 길이야 어딘데?"

"지금 그쪽으로 가고 있어. 저녁은 먹었냐?"

"먹었어. 오빠는?"

"가서 사먹지 머. 애들은 잘 있냐?"

"응. 왜?"

"아니. 그냥 그럼 됐어. 끊는다."

종혁은 핸드폰을 끊고 나서 효진에게 지금 상황이 어떠냐고 물어보려다가 말았던 것이 잘했다는 생각이 들었다. 아직은 아무런 이상이 없는 듯했다.

그는 다시 기팔이에게 전화를 걸었다.

"나다 어제는 수고했어. 어젯밤에 애들을 풀어줬더군. 다니 덕이다. 하하.”

종혁은 아무렇지도 않은 듯이 일부러 크게 웃었다.

“그래? 하하. 내가 어제 한바탕 난리를 친 보람이 있군 그래.”

기팔도 기분이 좋은 듯했다.

“그래서 형한테 이야기를 해서 포상금 받아냈어. 지금 가면서 부쳐줄게.”

“얼마야?”

“천.”

“천? 정말이야?”

“그래. 수고했으니까 따로 주는 거지. 지금 곧 보낼게. 고맙다.”

“하하. 고맙긴 그런 일이라면 얼마든지 해 주겠다. 알았어.”

종혁은 그 길로 곧바로 은행에 가서 부치려다가 은행 문이 닫힌 시간이라는 것을 알았다. 그는 다시 핸드폰을 열었다.

“은행 문이 닫혔네! 그것도 모르고. 내일 보내 줄게.”

“하하. 알았어. 됐어.”

기팔은 여전히 기분이 좋은 목소리였다.

종혁은 화곡동으로 달려가서 차를 세우고는 집으로 들어갔다. 일을 나가지 않은 애들이 방안에서 고스톱을 치고 있다가 들어선 종혁을 맞았다.

"오빠 저녁은 먹었어?"

"아니. 나 원주에서 오는 길이야. 나가서 먹고 오지."

"그래. 효진이는 일 나갔어. 금방 올 거야."

"나 밥 먹으러 나갔다고 그래."

"응"

종혁은 양복을 벗어버리고는 다른 옷을 갈아입고서 밖으로 나갔다. 집을 나설 때에 누군가 기다리고 있다가 불쑥 나타날 것만 같았다. 그러나 그건 그의 생각일 뿐이었다. 골목 안은 여느 때나 다름없이 사람들이 오고 있었다.

가끔 가는 횟집으로 가서 회와 소주 한 병을 시켰다.

넓은 홀에는 술손님들이 군데군데 자리를 잡고 앉아 떠들고 있었다.

거실 벽면에 올려진 TV에서는 마침 저녁 뉴스가 튀어 나오고 있었다.

…어젯밤 화곡동에서 일어난 살인사건에 대해 보도해 드리겠습니다.

남자 아나운서는 큰 사건이 일어난 것처럼 다소 격앙된 목소리로 뉴스를 보내고 있었다. 살인사건의 피해자는 화곡동 일대를 주름잡는 주먹조직의 보스라는 것을 강조하고 있었다.

조직의 보스가 화장실에서 용변을 보고 있는 동안에 가해자는 현관과 거실을 통해서 안으로 들어왔다는 것, 욕실 안에서 피해자는 용변을 보고 있다가 저항도 하지 못하고서 단칼에 목의 급소를 찔려 숨졌다는 것을 상세히 보도하고 있었다.

취재기자와 연결해서 그 당시의 상황을 다시 분석하고 있었다.

취재기자는 피해자가 변기에 앉아 있는 채로 예리한 칼에 의해 단숨에 목의 급소를 찔려 숨졌다는 것을 말하면서 이 사건은 보복에 의한 살인일 가능성이 높다고 추측하고 있었다.

주먹세계의 이권 다툼에 관계된 사건으로 피해자가 평소에 원한을 사서 피의 복수극이 되지 않았나 하고 수사 상황을 말해주고 있었다. 메인 아나운서가 보충 설명을 덧붙이면서 다시 취재기자에게 몇 가지 의문점을 질문하고 있었다.

"그렇다면 경찰에서는 어떻게 수사를 진행하고 있습니까?"

"네. 여기는 수사상황실입니다만, 지금 현재 뚜렷하게 단서가 될만한 것이 아무것도 발견되지 않고 있습니다. 이번 살인사건의 피해자 형석주는 화곡동 일대를 주름잡고 있는 주먹세계의 우두머리급 이라고 할 수 있습니다. 현재, 피해자의 밑에 있던 조직원들이 자취를 감췄기 때문에 왜 종적을 감췄는지에 대해서 일단 경찰은 주목하고 있습니다. 평소에 피해자 형석주는 보도방이라는 조직을 거느리고 있으면서 모텔이나 단란주점에 아가씨들을 공급해주고 있었다고 합니다. 사건이 일어날 당시에 피해자 형석주가 저항한 흔적도 없이 변기 위에서 무참히 살해된 것이 조직 내부에서 일어난 사건이 아닌가 하는 추측이 흘러나오고 있습니다."

"네, 알겠습니다. 그럼 수사 속보가 있는 대로 다시 보도해 드리겠습니다."

메인 아나운서의 흥분된 멘트가 끝나고 나서 다음 뉴스가 흘러나오고 있었다.

술잔을 비우던 종혁은 주위를 둘러보았다.

"야, 이거 우리 동네 아냐? 보도방? 보도방이 뭐야?"

"야, 아나운서가 보도방이라고 그랬잖아. 모텔이나 단란주점에 아가씨들을 대주는 곳이라고. 그것도 몰라?"

한 사내가 보도방에 대해서 조금 아는 듯이 큰 목소리로 떠들었다.

"근데 보도방이 뭐냐구? 왜 보도방이라는 거야?"

"보도방? 보도방이 무슨 말이지?"

"글세. 왜 보도방이라고 그러는 거냐니깐."

사내들은 술잔을 주고받으면서 보도방이라는 말에 대해서 떠들고 있었다.

"보도한다는 말이야 뭐야?"

"그러게 말이야. 술집 같은 데서 기도라는 말은 들어봤지만 보도방이라는 뜻이 뭐야?"

"야야, 술집 같은 데나 모텔 같은데에 영계들을 대어주는 놈들을 보도방이라고 그런다잖아."

"그러니까! 왜 하필 보도방이라고 그러는 거냐구… 거기 있는 사내들 중에서는 보도방이라는 말뜻에 대해서 아는 이가 한 명도 없었다. 갑자기 듣는 생소한 말인 것처럼 떠들어대고 있었다.

"보 자는 여자 거시기라는 뜻 아냐?"

어느 한 사내가 갑자기 그런 말을 꺼내자,

"하하하 그럼 도 자는 뭐야?"

"도? 도는 뭐지? 길도 자인가?"

"길도? 그럼 여자 거시기 길이라는 거야?"

"하하하."

사내들은 폭소를 터뜨렸다.

"그럼 방은?"

"그냥 방이지 머. 여자들한테 방이라는 건 거시기 안에 있는 자궁이라는 뜻 아냐?"

"푸하하하. 말 되네!"

"하여튼 요상한 말이군 머. 보는 여자 보지라는 뜻이고, 도는 길이라는 뜻이고, 방은 자궁이라는 뜻이야 뭐야? 하하하."

사내들은 생소한 단어에 열을 올리며 웃고 있었다.

"…"

종혁은 사내들에게서 조금 떨어진 곳에 앉아 묵묵히 술잔을 비워내고 있었다. 횟감을 집어 입에 넣고선 우지직 씹었다. 말랑말랑한 살점이 이 사이에서 뭉그러졌다.

술잔이 비기가 무섭게 종혁은 다시 술을 따랐다.

소주 한 병을 다 비웠을 때쯤, 뒤늦게 탕과 밥이 나왔다. 종혁은 밥 생각이 없었다. 한 숟갈 떠서 입에 넣었다가 밥 맛이 싹 달아나는 것을 느끼고서 수저를 놓아 버렸다.

"여기 얼마요."

그는 자리에서 일어나면서 큰 소리로 물었다.

"네네. 5만원 입니다. 식사는 안 하시고요?"

서빙을 하는 여자가 다가와서 돈을 받으면서 밥그릇이 그대로 있는 것을 보고는 물었다.

종혁은 대꾸도 하지 않은 채로 바깥으로 나왔다.

약간 술이 올라오는 기분이었다.

화곡동의 밤거리는 마치 야화처럼 흥청거리고 있었다.

술 취한 남자뿐만 아니라 술 취한 여자가 비틀거리며 걷기도 하고, 어떤 이는 길가에 쪼그리고 앉은 채로 토하고 있는 모습도 보였다.

앳된 여자애들 여러 명이 깔깔거리며 남자를 유혹이라도 할 듯이 힐끔거리며 지나갔다. 마치 불량한 애들 같은 차림새였다. 머리엔 노란 물을 들이고, 현란한 옷차림새로 봐서는 밤마다 밤거리를 배회하면서 같은 또래의 남자 애들을 유혹하러 나온 애들 같아 보였다.

모델들의 간판은 붉은 네온으로 번쩍거리고 있었다.

술 취한 남자들이 하룻밤 성욕을 풀기 위해서 풀어진으로 모텔 간판을 쳐다보다가 안으로 들어가는 모습도 보였다.

카바레에서 나온 듯한 차림새의 40대의 여자는 제비같이 생긴 젊은 남자의 어깨에 기댄 채로 어디론가 걸어가고 있었다.

종혁은 지나치는 사람들의 모습들을 보면서 오피스텔로 향했다.

소변이 마려워 잠깐 골목길로 들어갔다가 무심코 뒤를 돌아보았다가 누군가 자신을 미행하는 듯한 낌새에 술이 확 깨는 듯했다.

"…?"

종혁은 번쩍 정신이 들었다. 그의 직감이었다. 걸어오는 동안에 한 번도 뒤를 돌아보지 않았지만 방금 얼핏 본 낯선 그림자가 아까부터 계속해서 뒤를 따라온 것만 같은 기분이었다.

그는 술이 취한 듯이 벽면에다 이마를 대고서 흔들거리면서 슬쩍 골목 밖을 살폈다.

낯선 그림자는 마치 인도를 지나가는 행인인것처럼 하면서 종혁의 동태를 살피고 있었다.

'누구지? 경찰?'

종혁은 일시에 신경이 날카로워져 왔다.

그대로 잠시 서 있다가 정신을 차린 듯이 지퍼를 올리고는 골목을 빠져나왔다.

인도를 따라 걸으면서 밝은 곳으로 걸어 갔다.

길옆에 있는 팬시점으로 들어갔다.

"어서 오세요."

젊은 여자가 주인인 듯했다.

그는 바깥의 미행자가 누구인가 알기 위해서 팬시점 안 쪽의 진열대로 가서 물건을 고르는 척하면서 유리창 바깥의 동정을 살폈다.

역시 종혁의 직감이 맞아떨어졌다.

미행자는 종혁이 들어간 팬시점 바깥의 인도에서 서성 거리며 안쪽의 물건을 들여다보고 있는 것처럼 안쪽을 살피고 있었다.

바로 최강민이었다.

종혁은 물건을 골라 돈을 지불하고는 바깥으로 나왔다.

종혁이 바깥으로 나왔을 때는 이미 최강민이 사라지고 없었다.

어느 정도 걸어갔을 때에 다시 뒤쪽에서 낯선 그림자가 뒤따라붙는다는 것을 알 수 있었다.

'흠. 나를 죽이겠다는 말이지.'

종혁은 바짝 신경이 곤두섰다. 불빛이 환한 인도 쪽만 걸어가다가 으슥한 곳으로 들어가기만 하면 최강민의 공격이 있을 것만 같았다.

걸으면서 핸드폰을 꺼냈다.

"형. 나야"

"응. 왜?"

형민의 목소리였다.

"지금 최강민이란 놈이 나를 따라붙고 있어."

"최강민?"

형민은 누구냐는 듯이 말을 해왔다.

"석주 동생. 아까부터 나를 따라오고 있어."

"너 지금 어디냐?"

"집에서 나와서 술 한 잔 하고 나왔어. 어떻게 할까?"

"내가 그쪽으로 가는 동안에 시간을 끌 수 있나? 그 놈이 널 처치하려고 그러는 것 같은데?"

"그냥 내가 해치울까? 난 경찰인 줄 알았네."

"너 할 수 있어?"

"형. 내가 처리할게."

"좋아! 무기는 있냐?"

형민은 그것부터 물어보았다.

"있어. 걱정 마. 저 놈은 지금 경찰의 수배를 받고 있는데 겁도 없이 나와서 돌아다니고 있군."

"야. 잘 처리해 잘못하다간 네가 코 꿰인다. 경찰이 지금 안달을 하고 있다는 거 알지?"

"나도 횟집에서 술 한 잔 하면서 뉴스 봤어."

"그럼 니가 알아서 해라."

"그래. 형."

종혁으로부터 전화를 받은 형민은 만약 종혁이가 강민이까지 해치운다면 경찰은 더 혼란에 빠질 것이라고 생각 되었다. 수사의 초점이 완전히 흐려져서 조폭세계의 피비린내 나는 암투로 단정을 지을 것이 뻔했다.

형민은 그걸 노리고 있었다.

길을 걷던 종혁은 다시 골목길로 접어들었다. 이번엔 좀 더 으슥한 골목이었다. 골목 안으로 들어서자 그는 재빨리 몸을 움직여 골목 안의 허름한 나무 대문 집으로 들어갔다. 대문 뒤에 숨어서 골목을 살피고 있었다.

종혁을 뒤쫓던 강민은 종혁이 골목 안으로 들어가서 안 나오자. 천천히 골목으로 들어갔다.

그의 손엔 작은 재크나이프가 들려져 있었다.

희미한 불빛 아래에서도 강민의 손에 작은칼이 들려져 있다는 것을 알아차린 종혁은 좀 더 가까이 다가오기를 기다리고 있었다. 종혁의 장갑 낀 손엔 푸른빛이 나는 회칼이 들려져 있었다.

강민은 종혁이가 골목을 빠져나갔는지도 모른다고 생각했는지 조금 빨라지고 있었다.

강민이가 나무 대문 앞을 지나갔다 싶을 때에 종혁은 나무 대문을 밀고 나왔다.

강민의 바로 뒤에 다가선 그는 칼날을 위로 들어 힘껏 내려찍었다.

헉!

정확하게 강민의 목 어깨를 내려찍은 종혁의 칼은 손잡이까지 다 들어갈 정도였다.

강민이 그대로 주저앉았다.

"최강민!"

종혁이 강민의 얼굴을 발로 찼지만 그는 이미 숨이 끊어 진 뒤였다.

뜨거운 피가 목 어깨에서 콸콸 넘쳐 나오고 있었다.

그가 숨이 끊어졌다는 것을 확인하고는 골목 바깥으로 뛰기 시작했다.

피묻은 장갑을 벗어 왼쪽 장갑에다 집어넣고선 돌돌 말아서 주머니에 집어넣었다.

인도로 나온 그는 태연하게 걷기 시작했다.

그 길로 곧장 오피스텔로 들어갔다.

차배수의 출소

두 건의 연쇄적인 살인으로 서울 시내는 발칵 뒤집힌 상태였다.

연일 뉴스에서는 같은 조직의 보스와 부두목이 연쇄적으로 살해된 사건이 일어났다고 해서 조직간의 보복이라고 단정짓고 있었다.

수사 방향도 틀어진 듯했다.

강서경찰서장이 대기발령이 난 상태에서 경찰청에서 직접 이번 사건을 맡고 있었다.

검찰에서도 이번 사건에 충격을 받은 듯, 전국적으로 조직 폭력배 일제 소탕 작전을 들고 나왔다.

국민들은 두 건의 연쇄 살인사건이 똑같은 자의 범행으로 알고 있었고, 살해 방법이 잔혹해서 큰 조직이 개입한 사건으로 보고 있었다.

강서경찰서에는 초비상령이 내려졌다. 경찰서에서 그리 떨어지지 않은 골목길 안에서 똑같은 살인사건이 일어난 데 대해 할 말이 없었다.

이미 수배령이 내려진 강민이가 불심검문에 걸리지 않은 채로 거리를 활보하고 있었다는 것이 드러난 셈이었다.

그리고 석주의 조직 내에 있는 자들에게서 또 다른 제 3의 살인사건이 일어날 수 있다고 보고 있었다. 석주의 조직원들에 대한 수배령이 내려졌음에도 불구하고 단 한 명도 검거하지 못하고 있었다.

경찰은 아예 보도방을 하던 여자애들은 거들떠보지도 않고 있었다.

이건 어디까지나 조직과 조직간의 암투라고 보는 시각이었다.

종혁은 매일 아침 일어나면 조간신문을 집어들었다.

신문에 연일 터져 나오는 추측 기사와 경찰의 수사 방향이 엉뚱한 방향으로 흘러가고 있는 것을 보면서 그는 코웃음을 쳤다.

종혁은 될 수 있으면 바깥으로 나가지 않았다.

효진이가 대신해서 차를 몰고 다니면서 여자애들을 떨어뜨리고 다녔다.

형민에게서도 일체 연락이 없었다.

종혁이 먼저 전화를 할까 생각했다가 그만두고 말았다.

이럴 때는 혼자 있는 것이 좋았다.

차를 몰고 어디론가 훌쩍 떠나고 싶었지만 바깥으로 나가는 것조차도 마음이 허락하질 않았다.

술을 마시고 잠든 그는 악몽에 시달렸다.

꿈속에서 석주와 강민이 번갈아 가며 나타나서 괴롭혔다. 그들의 손에 든 칼에는 검붉은 핏자국이 뚝뚝 떨어지고 있었다.

"너, 이 새끼! 죽여 버린다! 각오해!"

석주의 부라린 눈알에서 핏물이 뚝뚝 떨어지고 있었다. 강민이 눈에서도 푸른빛이 흘러나오고 있었다. 두 놈이 동시에 칼을 번쩍 들고 달려드는 통에 종혁은 칼은 피했지만 땅바닥에 나동그라지고 말았다.

"하하하! 이젠 지옥으로 가는 거다. 각오해라."

두 놈이 치켜든 칼을 피하려다가 종혁은 벌떡 잠에서 깨어났다.

온몸에서 식은땀이 흘러내리고 있었다.

옆방에서 여자애들이 깔깔거리는 웃음소리가 들려왔다.

"…."

종혁은 안방에 누운 채로 천장을 응시하고 있었다. 점점 불안한 마음이 엄습해 왔다.

그는 일어나 다시 소주를 마시고는 자리에 드러누웠지만 잠이 오질 않았다.

똑똑.

문을 두드리는 소리가 들렸다.

"누구냐?"

"응. 나야. 오빠 뭐해?"

"왜? 들어와."

미오가 안으로 들어 왔다. 슬립 차림이었다.

"오빠! 혼자 술 마셨어?"

미오는 종혁이 누워 있는 옆에 소주병이 있는 것을 보고는 놀라는 표정이었다.

"잠 좀 자려고. 왜?"

"우리 고스톱 쳐서 탕수육 시켜 놨거든. 안 먹어?"

"니들이나 먹어. 난 술 마셨으니까."

"오빠. 몸 아퍼?"

미오는 팬티와 슬립만 걸친 채였다. 가슴의 젖이 그대로 드러나 있었다. 집에 있을 때는 편한 대로 그런 차림으로 있다가 연락이 오면 옷을 입고 나가는 애들이었다.

"아프긴 좀 피곤해서 그렇지."

"왜 그래? 얼굴이 안 좋은데?"

미오는 종혁의 초췌한 모습이 안쓰러운 듯했다.

"너 가서 먹어. 난 됐으니까."

"난 배불러. 좀 전에 뭐 좀 먹었거든."

"…."

종혁은 미오가 와서 떠드는 것조차 반갑지 않았다.

눈을 감고 잠을 청할 듯이 옆으로 돌아누웠다.

"오빠아. 오늘 이상해. 내가 옆에 누울까?"

미오는 종혁의 뒤쪽에 누워 종혁의 몸을 흔들었다.

"야. 됐어 . 나가. 애들이 들어올라."

"아냐. 지금 먹느라 정신이 없어. 내가 오빠 기쁘게 해 주면 안 돼?"

미오는 경애와 같이 석주의 집에 갇혀 있을 때에 그곳에 찾아와서 굽신거리지 않고 자신들을 돌려보내도록 해준 것에 대해 미안한 마음을 갖고 있었다.

그때의 종혁의 모습을 보고서 오빠의 든든한 모습을 봤지만 오늘 종혁의 모습은 어딘지 모르게 쓸쓸하다는 생각이 들었다.

그래서 그녀는 종혁의 기분을 풀어주고 싶었다.

"오빠. 나 안아 줘."

"…."

"나 싫어?"

"…."

미오의 알몸이 다가왔다. 뒤에서 껴안듯이 한 미오의 살결이 느껴져 왔다.

"오빠아. 나 오빠가 그런 기분이라면 싫어. 괜히 우리들 땜에 오빠가 그러는 거 보기 싫어. 경애도 그러더라. 그 날 오빠가 너무 멋있었다고."

"그냥 나가."

"왜? 싫어?"

"…."

종혁은 말하고 싶지 않았다.

지금은 그럴 기분이 아니었다.

"오빠아. 나 한 번만 안아 줘 봐라. 그러면 나 나갈게. 나 안미안하게 해야지."

"…."

종혁은 더 이상 그녀의 성화에 견딜 수 없었다. 반듯이 누운 채로 미오를 쳐다보았다.

"나 싫어? 안 싫지?"

"그래. 오늘은 기분이 그래서 그래."

"그럼 나 안아 봐. 그러면 기분이 좋아질지 모르잖아."

"지금 그럴 기분이 아니다."

"그럼 내가 오빠 애무해줄까? 그건 돼?"

미오는 종혁의 대답을 듣지도 않고서 달려들어서 옷을 벗겨 내렸다.

"오빠는… 내가 왜 이러는 줄 알아?"

미오는 눈물이 글썽한 눈으로 종혁을 내려다보았다.

"난 오빠가 너무 고마웠어. 형민이 오빠도. 걔들이 우릴 죽일 것 같았단 말이야. 그 전날 밤에 걔들이 우리한테 어떤 짓을 했는지 모르지?"

"…."

종혁은 눈을 감고 있었다. 지금 미오가 하는 말이 제대로 들리질 않았다. 그의 머릿속엔 지금 경찰서에서 어떤 일이 벌어지고 있는기에 내해서만 생각이 꽉 차 있었다.

미오는 종혁을 애무하기 시작했다.

가슴에서부터 목으로 해서 아래쪽으로 내려오면서 혀로 핥았지만 종혁의 성기는 일어서질 않았다.

"오빠…."

미오가 안타까웠는지 종혁을 쳐다보았다.

그러나 종혁은 눈조차 뜨지 않았다.

"…."

미오는 다시 종혁의 성기를 애무하기 시작했다. 미오는 지금 종혁의 시들은 성기를 일으켜 세우려고 애를 썼지만 종혁의 그것은 끝내 서질 않고 있었다.

"오빠, 왜 그래? 화났어?"

"…."

"그럼 나 나가?"

"…."

종혁은 대답 대신 눈을 떠서 미오를 쳐다보았다.

"왜 싫은 거야?"

"아니다. 오늘 기분이 그래서 그래. 그냥 애무만 하다가 나가."

"근데 왜 안 서? 난 하고 싶은데."

"…."

종혁은 다시 눈을 감았다.

미오는 한참동안 종혁의 성기를 애무했다. 갖은 노력을 다 해봤지만 끝내 종혁의 성기는 서지 않았다.

나중엔 미오가 종혁의 몸 위로 올라왔다. 그녀는 엎드린 채로 종혁의 입술을 빨았다.

"오빠는. 내가 이렇게 하는데도 안 서."

"…."

"난 오빠 밑에서 열심히 일할 거야. 경애도 그런다고 그랬어. 오빠가 믿음직스럽다고."

"…."

"오빠."

"…?"

종혁은 눈을 떴다.

"한 번만 집어넣어 주면 안 돼? 내가 이렇게 바라는 데도 안 돼?"

미오는 간절히 원하는 듯했다. 바로 밑에 남자의 성기가 있었음에도 불구하고 전혀 일어서지 않는 것을 보고는 그저 안타까울 뿐이었다. 그녀의 눈에는 어느새 눈물이 고이기 시작하고 있었다.

"…."

종혁은 눈을 감아 버렸다. 마음이 흔들릴 것만 같았다.

"그래. 나, 오빠가 나를 싫어하지 않는다는 거 알아. 일어날게."

미오는 일어나서 옷을 입었다.

그녀가 거울을 보면서 눈물을 닦아내고는 종혁의 옷을 다시 입혀 주었다. 그리고는 밖으로 나갔다.

"…."

종혁은 그대로 누워 있었다. 아무것도 생각하고 싶지 않았다. 모든 것이 제멋대로 굴러가는 것만 같았다.

겨우 잠이 들었다가 한두 시간이나 잤을까.

옆방에서 깔깔대는 소리에 잠이 깼다.

효진의 목소리가 들렸다.

아마 효진이 잠깐 집에 들른 것 같았다. 효진이가 집에 있으면 다른 여자애들도 깔깔거리며 이야기를 하느라 시끄러울 정도였다.

종혁은 목이 말랐으므로 일어나 거실로 나왔다.

"응? 오빠. 잤어?"

"그래. 안 바쁘냐?"

냉장고의 문을 열어 생수를 꺼내 마시고는 다시 넣었다.

"오늘 뒈지게 바빠. 이제 좀 한가한 편이야. 또 나가야 돼 근데 뉴스에 보니까 강민이까지 뒈졌다고 그러데? 누가 그랬지?"

"그거야 모르지. 지들 사이에 어떤 일이 있었는지."

종혁은 이제 무덤덤하게 대꾸하고 있었다.

"어떤 조직이 아예 석주네 조직을 망가뜨리려고 하는 것 같지? 석주 새끼가 어떤 원한을 산 거야 뭐야? 강민이도 똑같이 죽인 걸 보면."

효진은 고소하다는 듯이 말했지만 한편으로는 끔찍한 사건이라는 생각에 얼굴을 찡그렸다가 폈다.

"이제 내가 뛸까?"

"아냐 괜찮아. 야 내가 뛸게. 오빠는 그냥 쉬어."

효진은 그렇게 말하고는 두 명의 여자애를 데리고는 밖으로 나갔다.

종혁은 샤워를 하고는 밖으로 나왔다.

오피스텔로 가서 구입해 놓은 장비들을 점검하고는 벽면에 걸린 대검을 하나 뽑았다.

일본에서 몰래 들여온 대검이었다.

대검을 든 그는 나무 기둥 위에 스펀지 고무가 달린 곳을 내리쳤다. 스펀지가 베어지면서 칼날 자국이 드러났다. 그는 연거푸 대검을 휘두르면서 위에서 아래로, 옆으로 베기를 계속했다.

스펀지는 날카로운 칼날에 맞아 칼자국이 생기면서 너덜너덜해졌다. 이번엔 쇠파이프를 쥐고선 내려치기와 목치기를 했다.

한참 운동을 하고 나니 그제서야 몸이 풀리는 듯했다. 작은 냉장고에서 생수를 꺼내 마시고는 이번엔 역기와 아령을 들고서 상체 근육을 발달시키는 운동으로 들어갔다.

두 시간 징도 운동을 하고 났더니 이마엔 땀이 흘러내리기 시작했다.

그때 핸드폰이 울렸다.

"네. 강종혁입니다."

"나다. 어딨냐?"

형민이었다.

"응. 형. 나 지금 오피스텔에 와 있어."

"그래? 운동하냐?"

"응."

내일 새벽에 원주 가니까 밤에 이쪽으로 와라. 알았지?"

"응. 알았어."

"오늘 뉴스 봤냐?"

"응."

"저녁에 만나서 이야기하자. 그럼 끊어."

형민은 간단하게 이야기하고는 전화를 끊어 버렸다.

종혁은 밤이 깊어 가는 동안, 오피스텔에 남아 있었다. 창밖을 내다보니 벌써 어두워지고 있었다.

화곡동의 밤은 가로등이 켜지면서 밤이 찾아오고 있었다. 술집의 네온 불이 켜지고, 모텔들도 질세라 네온간판에 불이 들어오기 시작했다. 길거리에는 퇴근해서 한 잔 하러 모여든 사람들의 발걸음으로 활기에 찬 듯했다.

"…."

그는 깊어 가는 화곡동의 밤을 아무 생각 없이 지켜보고 있었다. 강서구 전체를 장악하고 있는 자신으로서는 밤의 제왕이라고도 할 수 있었지만 지금은 그런 기분조차 들지 않았다.

이제 내일이면 밤의 제왕의 자리에서 물러나 차배수의 밑으로 들어가야 했다.

그때부터 자신은 보도방의 세계를 잠시 떠나 칼과 더불어 살아야 할 거라고 생각했다.

'차배수라는 사람은 어떤 사람이지?'

종혁은 아직도 차배수라는 사람이 궁금했다. 처음 보는 순간부터 어딘지 모르게 차가운 인상이 들었다. 대뜸 말을 놓는 것 하며, 마치 자기 밑의 동생을 보는 듯한 말투에서 종혁은 기분이 나쁘다기보다는 남자의 한 면을 들여다보고 있는 것 같은 생각이 들었던 것이다.

그는 심호흡을 하면서 다시 밤거리를 내려다보았다.

김포공항 쪽으로 차들이 달리는 모습이 보였다.

밤 아홉 시쯤에 오피스텔을 나온 그는 효진에게 전화를 걸었다.

"응, 오빠."

"나 지금 봉천동으로 가야 하니까 오늘밤엔 니가 수고해라.

형님하고 할 이야기가 있어."

"걱정 마. 내가 다 알아서 할게."

"아마 내일 올 거다. 그렇게 알아."

"응. 여긴 내가 다 알아서 하니까. 요즘 미오하고 경애가 열심히 뛰고 있어. 오빠더러 멋있다고 그러더라"

효진이 전화 속에서 웃고 있었다.

"그래. 이젠 아무도 덤벼들 놈들이 없으니까."

"응. 내가 장부 다 정리해 놓을게."

효진이 말한 장부란 종혁이가 하던 하루 수입의 결산을 말하는 것이었다. 매일 종혁이 관리하던 것을 그저께부터 효진에게 일을 맡겨서 장부를 정리하고 있었다.

효진은 여상 출신이라서 장부의 회계 정리를 깔끔하게 처리해 놓곤 했다.

"그래. 고맙다."

종혁은 전화를 끊고서 집으로 걷고 있었다.

골목에 세워둔 차안으로 들어간 그는 차를 뒤로 빼내서 골목길을 빠져나왔다.

곧바로 봉천동으로 가지 않고 김포공항 쪽으로 달리다가 김포에 까지 들어갔다가 다시 되돌아 나왔다. 왠지 모르게 혼자만의 드라이브를 즐기고 싶었다.

차들의 행렬에 섞이면서 그는 사람이 살아가는 이 도시의

무수한 차들 속에 고독한 군상들이 얽히고 설키면서 살아가고 있는 거라는 생각이 들었다. 저 사람들은 각자 다른 일을 하면서 살아가고 있을 것이다.

내일 당장 터질 부도를 막기 위해 전전긍긍하면서 차를 운전하는 이들도 있을 것이고, 강화에 까지 불륜을 즐기기 위해 도시를 빠져나갔다가 이 밤에 되돌아가는 차들도 있을 것이다.

어쩌면 이민을 갈까 고민하는 이들도 있을 것이며, 아내의 불륜에 신경을 곤두세우면서 어쩔 수 없이 집으로 귀가 하는 차들도 있을 것이라고 생각되었다.

사람이 살아가는 곳에는 항상 이러저러한 잡음이 있기 마련이었다.

종혁은 형민이 어릴 때에 겪었다던 아버지의 어머니에 대한 구타를 떠올리면서 사람이 살아가는 모습들을 여러 가지로 생각하고 있었다.

종혁은 요즘 스스로 나약해진 걸 느끼고 있었다.

그러면서도 삶에 대한 애착이 더 깊어 가는 듯했다.

자신이 나아가고자 하는 방향이 어디로 향하고 있는지 조차 모르고 있었다.

불길한 예감이 들었다가, 다시 마음이 평온해졌다가, 삶에 대한 애착이 생겼다가. 다시 자신을 되돌아보면 지금 하고 있는 일이 삶에 있어서 별로 도움이 되지 못할지도 모른다는 불안감이 엄습해오곤 했다.

칼잡이로서의 불안한 미래.

언제 어떤 사고가 일어날지 모르는 세계에서 과연 끝까지 살아남을 수 있을까 하는 생각이 문득 들었다.

조직세계에서는 끝까지 살아남는 자만이 성공한다는 것을 종혁은 알고 있었다. 그것은 감방 안에서 이미 터득한 것이었다.

법이 서민들을 지켜주는 것이라면, 조직의 세계에서는 법보다도 칼과 주먹이 우선한다는 법칙을 알고 있었다.

살아남기 위해선 칼을 거머쥐어야 한다.

그는 이제 뚜렷한 목표를 가져야만 했다.

차는 남부순환도로를 따라 달렸다.

봉천동에 도착한 그는 차 키를 뽑으면서 주위를 힐끗 둘러보았다. 그것은 이미 습관적인 행동이었다.

거실에서는 형민이 혼자 음료수를 마시고 있었다.

"천식이는?"

종혁은 천식이가 일을 나갔을 거라는 것을 알면서도 그렇게 물었다.

"곧 올 거다. 일찍 왔네?"

형민은 금방 샤워를 했는지 머리카락이 젖어 있었다.

"김포까지 갔다가 왔어."

"왜? 혼자?"

형민은 종혁의 표정을 살피면서 음료수를 따라주었다.

"응. 기분도 그렇고 해서."

종혁은 형민이 따라준 음료수를 마시고는 잔을 내려놓았다.

"짜식. 벌써 마음이 약해지는구나"

"약해지는 건 아니고… 그냥 잠시 혼자 있고 싶었을 뿐이지머."

"그게 바로 약해지는 거지. 나도 전엔 그랬어. 피를 본 다음날은 영 밥맛이 없더라구. 그건 누구나 다 그래. 그러다가 차차 그런 게 없어지지."

"…"

종혁은 방안에서 여자애들이 떠드는 소리를 듣고서 방 쪽을 살피고 있었다.

"요즘 공장이 잘 돌아간다. 매출이 더 올랐으니까 말이야."

형민은 기분이 좋은 듯했다. 하긴, 요즘 들어서 하룻밤 수입이 2억원대를 넘어가고 있었다. 그건 누구보다도 종혁이가 더 잘 알고 있었다.

각 구청장들이 매일매일의 수입을 통장에 입금시켜오면 종혁은 수입액을 보고 나서 여자애들에게 나눠줄 포상금만 빼고선 그대로 은행에 예금을 시키기 때문에 누구보다도 먼저 하룻밤에 수입 내역을 알고 있었다.

보도방의 총수입이 2억원대를 넘어간다면 믿을 것인가. 2

억을 벌기 위해서 얼마나 많은 여자애들이 침대 위에 누워야 하는가.

서울 시내에서만 벌어들이는 수입이 그 정도였으니 말이다.

"…."

종혁은 말이 없었다. 묵묵히 담배만 피우고 있었다.

"왜? 아직도 기분이 안 좋냐?"

"아니…."

"잊어 버려. 싹 씻어내 버려. 그런 거 어디 한두 번 보냐?"

"…."

형민은 나무라는 투였다. 그러나 종혁의 마음은 그렇질 않았다. 씻어내려고 해도 거머리처럼 달라붙어 있었다. 머릿속에도 그때의 환영이 그대로 남아 있는 듯했다.

"어때? 술이나 한 잔 하러 나갈까?"

"됐어."

"그럼? 외박이나 할래?"

"아니."

종혁은 다 싫었다. 그저 형민과 같이 앉아 있고만 싶었다. 말도 없이 그냥 앉아 있는 것만으로도 좋을 것 같았다. 왠지 모르게 형민이 옆에 있으면 불안하지 않을 것 같았다.

"그럼? 그냥 잘래?"

"응. 그냥 여기 있고 싶어."

"짜식. 그깟 일로 그래?"

형민이 나무랐지만 종혁이 듣기에는 따스한 온기가 묻어 있는 말이었다.

"형."

"왜?"

"그냥 형하고 같이 있으면 안 돼?"

"왜? 겁나냐?"

"아니…"

"남자는 말야 기회가 왔을 때, 기회를 잡을 줄 알아야 돼. 한 번의 기회를 놓치면 두 번째의 기회도 놓치는 거야. 넌 이번이 기회다. 이제 내 앞에서 딴 소리하지 마라."

"…."

"살다보면 죽을 수도 있고, 살 수도 있어. 만약 니가 열차를 타고 가다가 열차 사고로 죽을 수도 있는 거야. 그렇게 생각하면 간단해. 뭘 그렇게 복잡하게 생각하냐?"

"…."

종혁은 말이 없었다.

형민이 하는 말이라면 다 들을 각오였다.

"천식이는 바로 내 밑이야 넌 차배수의 밑이고."

"형!"

종혁은 자신도 형민의 밑이라고 말해달라고 부탁하고 싶었다.

"이젠 입 다물어. 영원히 입 다물어라."

"…."

형민도 마음이 편치 않았다.

말없이 앉아 있다가 천식이가 헐레벌떡 들어오는 바람에 어색한 분위기가 깨어졌다.

"어? 종혁이가 왔네? 저녁은?"

천식은 일을 하다 말고 잠깐 집에 들른 것이다. 또 나가야 할 판이었다.

"안 먹었어."

"그래? 그럼 형하고 같이 나가서 먹어. 난 일하면서 잠깐 시간 내서 먹어야 하니까. 요즘 더 바빠지네."

그러면서 천식은 담배부터 꺼내 피웠다.

"밥이나 먹으러 갈래?"

형민이 물었다.

"그러지."

두 사람이 일어서 나가자, 천식도 여자애들 셋을 데리고 밖으로 나갔다. 천식이가 여자애들을 태우는 것을 보면서 그들은 찻길가로 걸어나갔다.

"종혁아."

"…."

"넌. 이제 마음을 단단히 먹어야 돼. 아직까지 그러면 되냐?"

형민의 목소리는 부드러웠다.

"그런 거 오래 갖고 있으면 안 돼. 사람을 죽이더라도 눈하나 깜짝 안 하는 게 조직의 생리야. 그것도 마음대로 못하냐?"

"…."

"저기 들어가자."

형민이 길가에 있는 횟집을 가리켰다.

안으로 들어선 그들은 조용한 방으로 들어갔다.

"어서 오세요. 뭘로 드릴까요?"

서빙을 하는 아가씨가 메뉴판을 펼쳐놓고선 형민에게 물었다.

"너 먹고 싶은 걸로 해라."

형민이 메뉴판을 종혁의 앞으로 내밀었다.

"형이 시키는 걸로 할게."

"그럼 농어로 할까?"

종혁은 고개를 끄덕였다.

"그럼 농어하고 소주 한 병 갖다 줘."

"네."

아가씨가 나가고 나서 형민과 종혁은 동시에 담배를 꺼냈다가 서로 상대방에게 담배를 권했다.

형민은 종혁을 위로하기 위해서 담배를 권했고, 종혁은 형민에게 자신이 나약함을 보여줘서 미안하다는 뜻으로 담배를 내민 것이었다.

형민이 먼저 종혁이 내민 담배 갑에서 담배를 꺼냈다.

종혁은 라이터를 켜서 형민의 담배에 불을 붙여주었다.

"형. 미안해"

"…."

형민은 미안해하는 종혁을 얼굴을 묵묵히 지켜보고 있었다.

종혁은 고개를 들지 못했다.

그때 마침 주문한 회와 술이 들어왔다.

푸짐하게 차려진 스끼다시와 농어회가 먹음직스러웠다.

"자, 술이나 한 잔 받아라"

형민이 먼저 소주병을 집어들었다.

"형이 먼저 받어."

"됐어! 받아라."

형민은 종혁의 술잔에 술을 따라주었다. 오늘밤은 종혁에게 술을 따라주고 싶었다.

술잔을 받은 종혁은 형민에게 공손하게 술을 따랐다.

잔을 부딪치고는 각자의 입으로 가져갔다.

회를 집어먹으면서 다시 술잔이 오갔다.

"오늘 마음껏 술을 마셔라. 새벽에 일찍 일어나서 원주로 갈 거니까."

형민은 오늘따라 이상했다. 종혁의 마음을 달래주기 위해서였는지 모르지만 예전과 같지 않은 행동이었다.

"천식이도 가?"

"천식이는 일해야지 나오면 다 만날 건데"

"그럼 형이 운전할 거야?"

그제서야 종혁은 얼굴이 밝아지는 듯했다.

종혁의 입가에 웃음이 번져 나갔다.

"하하. 그래. 오늘 실컷 마셔 봐 내가 운전할 테니까."

"그럼 형 믿고 마시지 머."

종혁은 그때부터 기분 좋게 술을 마셨다. 형민은 조금씩만 마셨다. 종혁은 술잔에 술이 채워지기가 바쁘게 입으로 가져 갔다. 모처럼 만에 형민이 형과 마주앉아 실컷 마셔보는 술이 었다.

횟집에서 나왔을 때는 종혁이 취한 상태였다.

"형. 나 오늘 조금 취했어."

"그래. 괜찮다."

종혁은 형민의 어깨를 끌어안으면서 걸었다. 조직의 형이 라기보다는 마치 친형 같은 기분이었다.

"난 형만 믿고 살게. 형이 말하는 것이면 다 할 테니까."

종혁이 약간 흐트러진 듯했다.

형민은 종혁을 동생처럼 생각하면서 집으로 데리고 들어갔 다. 새벽 세 시쯤엔 일어나 원주로 날아가야 했다.

술이 취한 종혁을 안방에 재우고선 형민은 바깥으로 나갔다.

"형. 어디 가?"

천식이 집으로 들어서다가 물었다.

천식의 옆에는 여자애들이 인사를 건네 왔다.

"바람 좀 쐬고 올께 금방 올거다."

바깥으로 나온 형민은 택시를 잡아 탔다.

"어디로 모실까요?"

"영등포 청과시장으로 갑시다."

그는 뒷좌석에 푹 파묻힌 채로 술 취한 취객처럼 잠에 골아 떨어졌다.

택시 운전수는 청과시장에 도착해서 뒷자리에서 자고 있는 손님을 깨웠다. 돈을 지불한 형민은 어디론가 재빠르게 움직이고 있었다.

새벽 한시에 천식이가 깨웠으므로 종혁은 잠이 깨었다.

옆엔 아직도 형민이 골아 떨어져서 자고 있었다.

"형. 일어나. 한 시야"

종혁이 흔들어 깨웠다.

형민이 용수철처럼 벌떡 일어났다.

"벌써?"

"벌써는. 한참 잤잖아. 형이 먼저 씻어."

"네가 먼저 씻고 나와 난 정신 좀 차리고 나서."

형민의 말에 종혁은 욕실로 들어갔다.

옆방에서는 여자애들이 대기하면서 떠들고 노는 소리가 들렸다. 여자애들은 모텔에 손님이 들어 부를 때까지 고스톱을 치거나 비디오 영화를 보거나 하면서 시간을 보내고 있어야만 했다.

일을 나갔다가 들어온 여자애들은 피곤했으므로 잠시 누워 있거나. 야참 내기 고스톱 판에 끼여들어서 피로를 풀곤했다.

여자애들은 순번을 정해 서로 돌아가면서 일을 나가곤 했다. 누구는 자주 불러나가고. 누구는 마냥 집에서 쉬는 경우란 없었다. 거의 공평하게 일을 시켜서 보름마다 정산하는 수입에서 별반 차이가 없도록 하는 것이 보도방인 천식이가 하는 일이었다.

돈을 벌기 위해서 들어온 이상. 그녀들은 몸을 아끼지 않았다.

생리를 하거나. 감기가 들어서 몸이 아프다거나, 그 날의 몸의 컨디션이 안 좋아서 보도방인 천식에게 오늘 하루는 빼달라고 하기 전에는 거의 순번적으로 일을 나갔다.

그녀들이 집에서 쉬는 동안은 밤낮으로 시끄러울 뿐이었다.

집 안에 있을 때는 보도방인 천식이나 형민이 있거나 말거나 팬티 차림에다 노브라로 거실을 왔다갔다하기도 했으며. 방에서 고스톱을 치거나 비디오를 볼 때에도 그런 옷차림으로 이리저리 뒹굴고 있기 일쑤였다.

여자애들은 보도방을 남자로 생각지 않았다.

그저 편한 오빠, 일하는데 도와주는 친오빠처럼 믿고 따를 뿐이었다.

천식이가 욕실에서 벌거벗고서 샤워를 하고 있는데도 무심코 욕실 문을 열었다가 놀라지도 않는 애들이었다.

"어? 오빠 샤워하네?"

"야. 노크 좀 해라"

"안에 아무도 없는 줄 알았지. 오빠 꺼 다 보이네 머. 호호호."

그런 식이었다. 그만큼 보도방과 여자애들 사이엔 끈끈한 유대 관계가 형성 돼 있었다.

다만 형민이가 욕실에 들어갔을 때에 여자애들이 벗어 놓은 팬티가 마구 굴러다닐 때에는 버럭 화를 내질렀다.

"야. 이거 누구 거야? 이런 걸 함부로 벗어 논 년은 뭐야? 빨래야 뭐야?"

그러면 여자애들은 형민이 가장 싫어하는 것이 여자가 벗어 놓은 속옷이라는 것을 알고는 다음부터는 조심을 하는 편이었다.

그러나 그런 일 외에는 거실이나 방안에서 팬티 차림으로 있거나, 슬립만 걸치고 있어도 형민은 아무런 말도 하지 않았다.

형민은 잠시 고개를 꺾은 채로 그대로 앉아 있었다.

영등포에서 돌아와 얼핏 잠이 들었다가 벌써 한 시가 돼 버린 것이었다.

머릿속에서 잠을 몰아내고는 일어났다.

거실로 나온 그는 냉장고에서 시원한 주스를 따라 마시고는 소파에 앉아 있었다.

운향이가 팬티만 걸친 채로 거실로 나왔다가 형민이 뒤로 머리를 기대고 앉아 있는 것을 보고는,

"오빠 어디 가?"

하고 물어왔다.

"응."

"어디? 새벽에 어딜 가는데?"

"멀리 갔다 올 데가 있어. 천식이하고."

"천식이 오빠도? 그럼 누가 차 몰아?"

"너하고 윤희가 교대로 몰아. 애들 잘 돌보고 있어."

형민은 아직도 눈을 뜨지 않고 있었다. 소파에 머리를 뒤로 기댄 채로 중얼거리듯이 말했다.

"어젯밤에 늦게 들어왔대? 혼자 어디 갔었어?"

"?"

형민은 운향의 그 말에 번쩍 정신이 들었다.

"종혁이 오빠는 자고 있는데, 오빠는 없대?"

"아, 바람 좀 쐬고 왔지. 왜? 무슨 일 있었냐?"

그 말을 하면서 형민은 순간적으로 약간 놀랐다.

운향이가 무심코 던진 말이지만 그에게는 뾰족한 질문처럼 다가왔던 것이다.

"아니 별일이 뭐 있나 머. 방에 오빠가 없길래 한번 물어본 거지 머."

"그래. 요즘 안 피곤하냐?"

"피곤하긴…."

운향은 그러면서 냉장고에서 주스를 따라 맞은편 소파로 와서 앉았다.

"피곤할 게 뭐 있나 머. 남자를 잠깐 올려놓고 씨근덕거리 다가 나오는 건데 머. 히히."

운향은 명랑한 애였다. 나이에 비해 다른 애들보다 다소 어 른스러운 데가 있었다.

"왜 이러고 있어? 멀리 간다메?"

"종혁이가 씻고 있어."

"아, 그럼 오빠들이 다 가는 거야?"

"그래."

"어디 놀러 가는 거야? 새벽부터 잠을 설치게?"

"하하. 놀러 가긴 놀만큼 한가할 때가 아니지."

형민의 입에서 웃음이 튀어나왔다.

"오빠."

"응? 왜?"

"요즘 남자들 되게 짜졌어."

"왜?"

"그거 할 때 말이야. 그때 보면 남자들을 알 수 있어. 요즘 남자들이 돈이 아까운지 전에 같이 대충 해치우고 나가는 게 아냐."

"왜?"

"처음부터 아예 진을 빼놓으려고 그래. 미치겠어."

"하하. 그거야 돈주고 하는 건데. 본전이라도 뽑고 싶어서 그러겠지. 그런 건 니들이 잘 알아서 처리해야지."

"우리도 보통이 아닌데. 그런 남자들이 많아져서 좀 피곤해 처음부터 애를 먹으면서 시간을 질질 끌다가 여자보고 위로 올라가서 하라는 놈들이 많아졌어."

"하하 그거야 어쩔 수 없잖나? 그렇게 하는 것이 남자가 기분이 좋다는데 어쩔 거냐?"

"요즘은 말야 남자애들이 칙칙이를 잘 사용하는지 되게 오래 하려고 그러니까 미치지."

"그래?"

형민은 재밌다는 듯이 운향을 쳐다보았다.

"칙칙이를 뿌리고 나서 실컷 애무해 달라고 하고선, 천천히 시간을 끄는 수법으로 나오는 거 있지? 아니면 우리가 가기 전에 미리 오공자로 마스터베이션을 해서 사정하고 나서 해서 그런지 모르겠지만 되게 오래 하면 좀 피곤하더라."

운향은 형민에게 고충을 털어놓고 있는 셈이었다. 그렇다고 해서 일을 못할 정도로 피곤한 정도는 아니었지만 그냥 털어놓는 말이었다.

"그래. 남자 놈들은 다 그래. 나도 어렸을 적엔 그랬어. 모텔에서 여자가 오기 전에 조금이라도 더 많이 하려고 말이야. 미리 자위 행위를 해서 사정해 버리고는 여자가 오면 좀 더 오래 할 수 있을 거라고 생각했지. 남자는 그래. 두 번째 하면 좀 오래 가는 경향이 있거든. 그거야 뭐가 문제냐? 네가 어떻게 해서 빨리 사정하도록 하면 되지 머. 임마."

형민도 웃음이 나왔다.

"그래도… 오빠는, 우리가 하루에 얼마나 상대해야 되는데 그래 하루에 열 두 서너 명 정도 상대해 봐. 말이 열 두 서너 명이지. 한 사람 앞에 10분씩만 잡아도 그게 어디야?"

"하하. 남자들이 뭐 그리 오래 하냐? 대개 10분 안쪽이면 다 끝나는데. 지가 아무리 세다고 해 봐야 그 정도면 끝나는데 뭘 그래."

"그건 그래. 오빠 짧은 놈은 5분도 못 가. 근데 긴 놈은 10분도 더 간다 머. 하루종일 그렇게 뛰고 나면 밤엔 배가 고파. 그래서 먹을 거 안 챙겨먹으면 허리가 꺾여져서 못 해."

"그런가? 그럼 좀 든든하게 먹지."

하긴 그랬다. 운향의 말이 맞는 말이었다.

하루종일 남자들을 애무하려면 피곤할 만도 했다. 사랑하는 사람이 아닌, 돈을 받고 섹스를 해주는 일을 하면서 남자가 요구하는 애무까지 하자면 밤에는 허기가 질 건 당연한 일이었다.

"든든하게 먹어도 그래. 이런 일 하는 애들 다 말랐잖아?"

"응. 그건 왜 그래?"

"그건 힘이 들어서 그래. 먹는 것보다 일이 힘드니까 살이 빠지는 거지. 밤에 먹어도 그래."

"그건 그렇겠다. 남자도 두 탕만 뛰고 나면 퍼지지."

"거 봐 남자도 그러는데 여자는 두 탕이 뭐야. 하루에 열 탕도 더 뛰는데. 피이."

운향이 입술을 삐죽 내밀었다.

그때 욕실 문이 열리며 종혁이 나오다가 멈칫거렸다.

"응? 오빠 나온다. 오빠, 뭐야?"

운향은 욕실 문이 열리면서 종혁이 벌거벗은 채로 나오는 걸 보고는 활짝 웃어젖혔다.

종혁은 아무렇지도 않은 듯이 씨익 웃고는 안방으로 들어가 버렸다.

"그래. 니가 일 좀 해라 나도 좀 씻고."

형민은 일어나서 욕실로 들어갔다.

오늘 따라 그는 몸의 구석구석을 샅샅이 씻어 내렸다. 특히 손을 여러 번 비눗물로 씻어낸 그는 벽면에 붙은 전신 거울을 들여다보면서 온몸을 살폈다.

욕실에서 나왔을 때는 종혁이 옷을 다 입고 기다리고 있었다. 시계는 벌써 한 시 사십 분을 가리키고 있었다.

"천식이 더러 빨리 오라고 그래."

형민은 옷을 입으면서 종혁에게 말했다.

종혁이 전화를 걸어 천식이 더러 오라고 말을 했다.

천식이 헐레벌떡 들어서는 대로 그들은 밖으로 나왔다.

천식이가 핸들을 잡았다.

차는 남부순환도로를 따라 달리다가 서부간선도로로 접어들어 영동고속도로를 타기 시작했다.

"두부는 어디서 사지?"

천식이 운전을 하면서 물었다.

"준비 안 했냐?"

"응. 가다가 파는 데 있나 모르겠다."

천식이 중얼거렸다.

"원주에 가면 사."

형민은 뒷자리에 혼자 앉아 의자 뒤로 머리를 기댔다. 앞쪽엔 천식과 종혁이 나란히 앉아 있었다.

새벽의 고속도로는 한가했다. 간혹 트럭들이 힘겹게 달려가고 있었지만 천식은 재빠르게 추월하고는 다시 일차선으로 붙었다.

원주 시내로 들어가서 두부와 담배를 사서 원주교도소로 향했다.

아직 차배수가 나오려면 한 시간이나 남아 있었다.

차에서 내린 형민은 담배를 피울 겸해서 정문 옆을 서성거렸다. 혹시라도 차배수의 동생들이 먼저 와 있을까 해서 살펴봤지만 아직 도착하지 않은 듯했다.

정문으로 가서 끄덕끄덕 졸고 있는 교도관에게 가출옥 자가 몇 시에 나오느냐고 물어 보았다.

"아마 다섯 시쯤 돼야 나올 겁니다. 지금쯤 일어나서 보안과 지하실에서 옷을 갈아 입을 걸요."

형민은 알았다는 듯이 웃어 보이고는 천식의 차에서 좀 떨어진 곳으로 가서 다시 담배를 꺼내 물었다.

어둠 속에서 그의 담뱃불이 빨갛게 빛났다.

형민은 이제 차배수를 맞아들여 더 큰 조직을 만들지 않으면 안 되었다.

진작부터 그런 구상이 있었지만 막상 오늘 새벽에 차배수가 출소한다고 하니 마음 한편으로 알지 못할 설렘이 솟구치고 있었다.

형민은 지금 불안했다.

무언가가 자꾸만 자신의 주위를 조여오는 듯한 압박감이었다.

연거푸 두 대의 담배를 피운 그는 다시 차로 돌아왔다.

"형. 뭐했어?"

종혁이 물었다.

"뭐하긴 그냥 담배 피웠지."

형민은 자신의 표정을 드러내고 싶지 않았다.

"어젯밤에 나 좀 취했던 것 같지?"

"그래. 잘 자더라."

형민이 뒷자리에서 종혁의 뒤통수를 쥐어박을 듯이 손을 들었다가 내려놓았다.

"천식이하고 많이 이야기했어. 이제 천식이가 형의 바로 밑이라고."

"…."

그 말에 형민은 가슴이 뭉클해졌다.

"우리 조직을 키우기 위해선 할 수 없지 머. 나도 이미 각오가 돼 있으니까."

"……그래. 잘 생각했다. 이제 우리한텐 무서울 것이 없을 거다."

형민의 무거운 말이었다.

그때 원주교도소로 세 대의 차가 올라오고 있었다.

빠른 속도로 정문을 향해 올라온 차들은 급하게 브레이크를 잡으면서 멈췄다. 차에서 내린 건장한 사내들이 우루르 정문으로 몰려갔다.

"가출옥 몇 시에 나옵니까?"

사내가 물었다.

"곧 나올 겁니다. 아마 준비하고 있을 겁니다."

교도관은 하품을 하며 대답해주고 있었다.

"야. 형님이 아직 안 나오셨다. 준비해라!"

"늦진 않았군."

사내들은 말을 주고받더니 각자 담배를 꺼내 피우기 시작했다.

'흠, 왔군.'

형민은 혼자 중얼거렸다.

"형. 아마 차배수 형의 애들 같은데?"

종혁이 사내들을 가리키면서 물었다.

"그래. 만나봐야지. 나가보자."

그 말에 종혁과 천식은 차에서 내렸다.

형민이 사내들에게 다가갔다.

"혹시 차배수씨 출소하는 데 온 사람이오?"

"?"

사내들은 갑자기 나타난 형민과 종혁, 천식을 보고는 낯선 표정을 지어 보였다.

"나, 천형민이오."

형민이 먼저 말을 꺼냈다.

"아, 그럼? 형님께서 말씀하시던?"

사내들 중의 우두머리인 듯한 놈이 머리를 숙여 보였다. 그러자, 다른 놈들도 따라서 깎듯이 머리를 숙여 보였다.

"언제 오셨습니까? 형님."

다시 우두머리인 듯한 사내가 형민에게 말을 걸어왔다. 이미 차배수로부터 이야기를 듣고서 형민에 대해서 다 알고 있는 듯했다.

"조금 전에 왔다. 여기는 강종혁이고. 여기 이 친구는 천식이다. 서로 인사하지."

"아. 강종혁, 형씨에 대한 이야기도 들었습니다. 반갑습니다."

사내는 다시 머리를 숙여 보였다.

사내는 다시 천식에게 악수를 하고는,

"박형배라고 합니다. 이쪽은 호식이, 이쪽은 명진이. 여기는 상준이. 애는 일명입니다. 애는 송배라고 합니다. 애들아. 인사드려라. 형님께서 말씀하시던 천형민 형님하고 강종혁, 도천식 선배님들이시다."

일일이 자기 밑의 후배들을 소개하면서 다시 고개를 숙였다.

"네, 형님!"

사내들이 일제히 허리를 숙여 보였다.

형민과 종혁, 천식은 일일이 그들과 악수를 하고는 담배를 꺼내 물었다.

그러나 사내들은 형배만 담배를 꺼내 피웠을 뿐, 그 밑의 사내들은 묵묵히 서 있기만 할 뿐이었다.

사내들에게선 조직의 냄새가 물씬 풍겨 나왔다.

보스에 대한 깍듯한 태도가 그 점을 말해 주고 있었다.

그때, 안쪽에 있는 정문의 철문이 열리는 소리가 들리면서 외정문에 앉아 있던 교도관이 일어나는 모습이 보였다. 교도관은 창문을 열고서 바깥에 서 있는 그들에게 말을 던져 왔다.

"이제 나옵니다."

외정문의 문틈으로 차배수가 걸어나오는 모습이 보였다. 그는 왼쪽 겨드랑이에 보따리 하나를 들고 있었다.

차배수가 외정문에 도착했을 때, 사내들은 일제히 땅에 무릎을 꿇었다.

"형님! 수고하셨습니다!"

곧 철문이 열리면서 차배수가 모습을 드러냈다.

"왔냐?"

차배수는 그 말뿐이었다.

"네, 형님!"

박형배가 얼른 차배수의 보따리를 들어 다른 놈에게 건네 주고는,

"형님께 두부 드려라."

"네. 형님."

그 말이 떨어지기가 무섭게 차배수에게 두부가 건네졌다. 차배수는 두부를 한 모금 베어 물고는 땅바닥에 내려 놓고선 구둣발로 짓이겨 버렸다.

"고생했소!"

이번엔 형민이 악수를 건넸다.

"하하. 뭘요. 종혁이하고 천식이도 왔구나."

차배수는 일일이 악수를 하고는 담배부터 찾았다. 형민이 건네준 담배를 받아든 차배수는 종혁이 붙여주는 라이터 불에 연신 담배연기를 빨아들였다.

"가지."

차배수의 말에,

"네. 형님."

사내들은 곧 차 문을 활짝 열어두었다.

"난 형민이 형씨하고 같이 갈 테니까 너희들은 뒤따라 와라 알겠냐?"

"네, 형님!"

사내들은 다시 허리를 숙였다.

"오늘은 일단 내가 차배수씨를 모시겠다. 우리 차를 따라와라. 서울로 가면 봉천동에서 만나기로 하지. 우리 차만 따라오면 되니까."

"네, 형님!"

형민의 말에 사내들은 다시 허리를 숙이면서 일제히 대답을 했다.

차배수와 형민은 뒷자리로 올라탔다.

종혁과 천식이가 앞에 타고는 차를 뒤로 뺐다가 원을 그리면서 그곳을 빠져나가기 시작했다.

차배수의 동생들이 그 뒤를 따라왔다.

차는 고속도로로 접어들어 속력을 내기 시작했다.

새벽길의 고속도로는 한산했다. 서울까지는 불과 한 시간이면 도착할 정도였다.

봉천동에 도착한 그들은 일단 횟집으로 들어갔다. 천식이가 미리 손님이 올 거라며 예약을 해놓은 횟집이었다.

널찍한 방으로 들어간 그들은 정식으로 출소예식을 거행하였다.

차배수와 형민이 상석에 앉고, 차배수의 동생들은 일렬로 서서 큰절을 올렸다.

"형님! 잘 모시겠습니다 몸 건강하십시오!"

사내들의 큰절이 있고 나서, 이번엔 종혁과 천식이 그들에게 큰절을 올렸다.

"형님, 고생하셨습니다!"

이로써 출소예식은 끝난 셈이었다.

"그래. 여기 있는 분이 칠공공 보도방의 형민이 형이시다. 그리고 저기 있는 강종혁이 앞으로 내 바로 밑으로 들어온다. 이제 니들이 잘 알아서 모셔라."

차배수가 한 마디 했다.

"네. 형님. 잘 알아모시겠습니다."

사내들의 허리가 다시 꺾여졌다.

"이제 앉아라. 오늘은 기분 좋게 술이나 마시자."

형민이 그 말을 하자, 다들 맞은편의 자리에 앉기 시작했다.

"종혁이도 옆으로 와서 앉지. 앞으로 니들이 모실 형님 이니까."

차배수의 말이었다.

"네, 형님!"

사내들이 앉은 채로 허리를 굽혀 보였다.

종혁은 마지 못해 차배수의 오른편으로 가서 앉았다.

차배수와 형민이 담배를 꺼내 피우는 동안, 다른 사람들은 일절 담배를 피우지 않았다.

그것은 보스에 대한 예의였다.

종혁도 담배를 피우고 싶었지만 차배수의 부하들이 담배를 피우지 않고 있었으므로 피울 수가 없었다.

여러 개의 회가 나오고 소주가 나왔다. 푸짐한 상이 펼쳐지고 나서 형민이 먼저 입을 열었다.

"종혁아. 네가 술부터 따라드려라."

형민은 차배수의 2인자로 들어가는 종혁에게 그렇게 시켰다. 형민이 그렇게 시킨 것은 여러 사람이 보는 데서 종혁이를 확실하게 차배수의 2인자로 만들기 위한 생각에서 였다.

종혁은 깍듯이 무릎을 꿇고선 소주병을 들어 차배수의 잔을 채웠다. 그리고 나서 형민의 잔에도 술을 가득 채워 준 다

음,

"내 술 한 잔 받지."

하고 이번엔 형배의 잔에 술을 따랐다.

"네, 형님!"

형배 역시 종혁에게 깎듯이 나왔다. 그리고 나서 형배는 천식에게 술을 따라주고는 일일이 자기 밑의 애들에게도 술잔을 따라주었다.

그것은 서열을 가리키는 의식이랄 수 있었다.

잔이 다 채워진 것을 보고 차배수와 형민이 동시에 술잔을 높이 들었다.

"우리 조직의 미래를 위하여 건배!"

형민과 차배수가 앞서거니 뒤서거니 선창을 하자,

"건배!"

하고 모두들 잔을 부딪쳤다가 내려놓았다.

술잔을 입으로 가져가려던 형민과 종혁은 갑자기 주춤거렸다.

그때, 형배가 주머니에서 칼을 꺼내 자신의 새끼손가락을 베어 소주잔에다 핏방울을 떨어뜨림과 동시에 그 칼은 다시 밑의 동생들에게로 내려갔다. 서열 순으로 칼이 돌려 지면서 새끼손가락을 벤 그들은 술잔에다 핏방울을 떨어 뜨렸다.

천식도 술잔에 핏방울 떨어뜨렸다.

다시 술잔을 높이 든 그들은,

"조직을 위하여!"

차배수의 외침에 다들 술잔을 부딪치고는 입으로 가져갔다. 말하자면 피의 맹세였다. 조직에 대한 피의 맹세가 오늘 의식의 끝이었다.

술잔을 비운 형민이 천식에게 지시를 내렸다.

"천식아. 애들 자지 말고 기다리고 그래. 오늘 여기 오신 손님들 잠자리 만들어드릴 애들 골라서 기다리라고 해 둬라."

"네. 형님."

천식은 곧 핸드폰을 꺼내 윤희에게 전화를 걸어서 봉천동에서 제일 예쁜 애들만 골라서 일곱 명을 대기시켜 놓으라고 했다.

그리고는 모텔에다 전화를 걸어서 방 일곱 개를 비워 놓으라는 전화를 걸었다.

"핫하. 오늘 푸짐한 술상이군. 애들아. 오늘 형민이 형님께서 니들에게 오늘 한 턱 쓰시는 거다."

차배수가 흡족한 듯이 술잔을 들이켰다.

"네, 형님. 고맙습니다."

사내들이 일제히 고개를 숙였다.

그들은 기분 좋게 술을 마시기 시작했다. 연거푸 소주가 들어오고. 빈 병이 늘어갔다. 안주감으로 회가 새로 들어오고, 매운탕까지 들어왔다.

술자리가 끝나갈 때쯤 천식이가 부른 여자애들이 안으로

들어왔다.

모두 일곱 명이었다. 방안으로 들어선 여자애들은 낯선 사내들에게서 조직의 냄새를 맡고는 주춤거렸다.

"우리 애들이다. 인사해라."

형민이 소개를 하고는 여자애들에게 말하자,

"안녕하세요."

여자애들이 인사를 했다.

"차 형이 마음에 드는 애가 있으면 찍지요."

형민이 그렇게 말하자,

"하하. 나야 뭐 감방에서 썩다가 나왔으니 아무나 좋지. 쟤가 마음에 드는군."

차배수가 찍은 애는 운향이었다. 운향은 상석에 앉은 차배수의 지적을 받고는 얼굴이 환해졌다.

"그럼 이리로 와서 앉아."

형민의 말에 희선은 차배수의 옆으로 와서 앉았다.

그리고 형배가 민교를 찍었고, 나머지 사내들도 서열 순으로 여자애를 골라서 옆에 앉혔다.

다시 술잔이 건네지기 시작했다.

이번엔 여자애들이 따라주는 술잔이었다.

술자리가 파하고 나서 이번엔 천식이가 앞장을 섰다. 근처에 있는 모텔로 가면서 형민이 미리 준비시킨 봉투 하나 씩을 그들에게 건냈다. 그리고 나서 여자애들에게도 50만원이 든 봉투 하나씩을 안겨주었다.

오늘밤에 그녀들에게 특별히 주어지는 특별금이었다.

여자애들은 각자 맡은 사내들과 같이 모텔로 들어갔다.

"오늘 이렇게 환영해줘서 고맙다."

차배수가 형민에게 악수를 청해왔다.

"하하, 뭘 오늘 나왔으니까 몸 풀어야지. 내일 아침에 종혁이가 모시러 올 거다. 잘 자라."

"하하, 그래. 종혁이 오늘 수고했어."

차배수는 종혁의 어깨를 툭 치고는 모텔로 들어갔다. 희선이 차배수의 뒤를 따라 들어갔다.

"이제 가자."

형민은 종혁과 천식을 데리고 다른 술집으로 자리를 옮겼다.

이번엔 단란주점이었다.

룸으로 들어간 그들은 간단하게 맥주와 과일안주를 시키고는 마무리 정리를 하고 있었다.

"이제 종혁이는 저쪽에서 크고, 천식이는 나와 남는다. 자, 술이나 받아라."

이번엔 형민이 맥주병을 들어서 종혁의 잔과 천식의 잔에 채워주었다.

"형."

종혁이 한 마디 꺼냈지만 더 이상 말을 할 수 없었다.

"됐어. 오늘 봤지. 다들 너한테 피의 맹세를 했어. 그러면 됐어."

형민은 술잔을 들어 종혁의 잔에다 부딪치고는 얼른 삼켜 버렸다.

"그래. 넌 이제 저쪽에서 커야 돼. 나도 이제부턴 다른 자세로 일할 테니깐."

천식이가 위로하듯이 말을 건네 왔다.

종혁의 눈에서 알지 못할 슬픔 같은 것이 번져 나왔다. 그러나 겉으로 내비칠 수는 없었다. 형민의 조직을 떠나 다른 조직으로 자리를 옮긴다는 것이 쉽지 않다는 것을 형민은 알고 있었다.

"아침에 일찍 일어나서 차배수한테 가라. 잘 주무셨느냐고 하고. 그때부터 넌 차배수와 같이 행동해야 돼. 오피스텔을 그대로 써도 되고. 만약 차배수가 갖고 있는 훈련장으로 가자고 하면 따라가면 돼."

"응, 형."

"앞으로는 형이라고 부르지 말고 형님이라고 불러라. 이제부터는 모든 것이 달라져야지."

형민이 점잖게 타일렀다.

"형님!"

종혁은 술잔을 쥔 채로 부르르 떨었다.

"그래. 이제 됐어. 앞으로 천식이도 나를 형님이라고 부르고.”

“네, 형님”

“그래. 앞으로 더 큰 조직이 될 거다. 그걸 항상 염두에 둬라.”

“네. 형님.”

술집에서 나온 그들은 집으로 들어갔다.

집에는 윤희와 희주만 남아 있었다.

일을 끝내고 나서 샤워를 마친 그녀들은 집으로 들어서는 형민을 보고 반겼다.

“오늘 잘 됐어?”

“응. 다 마쳤냐?”

“응.”

“그럼 자지 그래.”

“오빠들이 와야 자지. 이제 자야지. 오빠들, 잘 자.”

윤희와 희주는 인사를 하고는 방으로 들어갔다.

그들도 세수를 하고는 안방으로 들어갔다. 모처럼만에 같은 방에서 잠을 자보는 셈이었다.

미리 윤희가 방안에 이불을 깔아놓은 듯했다.

잠자리에 누운 종혁은 형민이 잠들 때까지 잠이 들지 못했다.

형민은 끝내 아무런 말도 없이 잠이 들어 버렸다.

*
**

미궁

아침.

조간신문에 영등포구청장인 기팔의 살해 소식이 튀어 나오고 있었다.

"형님. 연락 들었어요?"

천식이가 거실에 나갔다가 신문을 보고선 안방으로 뛰어 들어왔다.

"…?"

형민과 종혁이 놀라 일어났다.

"이거 봐요. 영등포 기팔이가 죽었다고 나왔어요."

천식이가 내민 아침 신문엔 대문짝만하게

'또 살인, 보복 살인 추정' 이라는 큰 활자가 박혀 있었다.

"…."

형민은 잠자리에서 천식이가 내민 신문을 훑어보고 있었다.

종혁도 옆에서 신문을 지켜보고 있었다.

"똑같은 곳에 칼을 맞았다고 그러잖아요. 그럼 저쪽?"

천식은 재빨리 석주 쪽의 조직을 떠올렸다.

"…."

형민은 말이 없었다.

"형님. 이건 저쪽에서 보복을 한 겁니다. 경찰에서는 다른 조직이 한 걸로 나와있지만……."

종혁도 석주의 조직에서 저지른 보복 살인으로 판단하고 있었다.

"그러니까 형님이 한 그대로 목에 칼을 꽂았죠. 안 그렇습니까. 형님?"

천식이가 울분을 참지 못하는 듯. 말을 토해 냈다.

형민은 천천히 신문을 다시 읽기 시작했다.

영등포의 조직폭력배 황기팔은 폭력전과 13범으로 새벽 0시에서 1시 사이에 다른 조직으로부터 보복살해를 당한 것 같다. 술집 등지에 여자를 공급해주는 조직을 갖고 있으면서 새벽에 집으로 들어가본 골목에서 피해자와 다툰 흔적이 없는 걸로 봐서 가해자는 목 어깨 뒤쪽에서 칼을 꽂았던 것으로 경찰은 추정하고 있다. 지난번 화곡동 조직폭력범 살인사건과 동일범으로 경찰은 추정하고 있으며, 피해자의 주변을 수사하고 있다. 주로 술집을 관리하며 돈을 받는 조직폭력배의 이권 다툼에서 조직간의 살인사건이 일어나는 경우가 많다. 이번 사건 역시 조직간의 암투에서 비롯된 살인 사건으로 보고 있으며, 경찰청에서는 이번 사건을 화곡동 살인사건과 같이 수사본부에서 수사를 맡기로 했다.

그런 내용이었다.

"그 날, 기팔이가 먼저 저쪽에다 시비를 건 걸로 저쪽에서 알고 있나?"

신문을 밀쳐낸 형민이 종혁에게 물었다.

"모르지요 그냥 건달인 걸로만 알고 있을지는 몰라도."

"알 수 있겠지. 주먹 세계에선 서로 알 수 있었겠지. 그게 실수구만."

형민이 짐짓 난감한 표정을 지었다.

그날 밤 기팔이가 저쪽 애들에게 얼굴을 보인 것이 실수였다는 식으로 약간 불안한 표정을 보였다.

"그래서 그럴까?"

종혁은 형민의 얼굴을 뚫어지게 쳐다보았다.

"그건 나도 모르겠다. 근데 신문엔 기팔이가 하는 보도방에 대해선 별로 기사가 안 나왔네."

형민은 그것부터 염려하는 듯했다.

"그러네. 보도방 때문에 그런 사건이 일어났으리라고는 생각지 않아서 그런가?"

"그럼 어떻게 하지? 현장에 가볼 수도 없고……. 지금쯤 경찰이 짝 깔렸을 텐데."

"기팔이가 죽다니 믿어지지 않아."

종혁의 기분은 처참했다.

저번 화곡동 사건이 있고 나서 곧바로 자신의 조직에서 살인사건이 났다는 것은 왠지 기분이 좋지 않은 사건이었다.

"저쪽 애들이 아직 남아 있으니까 니들도 조심해야 할 거다. 천식이도 조심해라."

"…"

천식이는 고개를 끄덕였다.

"앞으로 수사가 어떤 방향으로 나갈지 모르겠네."

형민이 불안하다는 듯이 넋두리처럼 중얼거렸다.

"영등포 쪽은 어떻게 하지? 기팔이가 없는데."

그때 전화가 걸려왔다

"네. 강종혁입니다."

"오빠야? 기팔이 오빠가 죽었어. 뉴스 들었어?"

기팔이 바로 밑에서 일하는 편주아의 떨린 목소리였다.

"그래……."

"그럼 어떡해? 우린 자다가 알았어. 형사들이 집으로 찾아왔더라. 그래서 잠을 깼어. 오빠들도 알고 있어?"

"그래. 형사들이 뭐라고 해?"

"방마다 두 명씩 자고 있다가 형사들이 벨을 눌러서 나가봤는데 나하고만 이야기를 했어."

"다른 애들은?"

종혁의 목소리가 조금 커졌다.

"다른 애들? 걔들은 다 자고 있었어. 형사 두 명이 찾아 왔더라. 나하고만 거실에서 이야기를 했어."

"뭘 묻대?"

종혁은 점점 다급해졌다.

"오빠하고 어떤 사이냐 하고 묻길래 애인이라고 그랬지 머. 그래서 형사들은 오빠가 몇 시에 나갔느냐고 묻데."

"기팔이가 왜 나갔는데?"

"모르겠어. 전화를 받고 나간 것 같았는데 나도 모르겠어. 난 그때 애들을 태우고 모텔에 나가 있었거든. 애들도 집에 없었어. 다 나가 있어서 오빠만 집에 있었을 거야."

"그래? 전화를 받고 나갔다고?"

"응. 그런 것 같아. 안 그러면 나갈 일이 없지. 나하고 둘이 뛰어야 하는데. 집에 있는 거 보고 나 혼자 뛰고 있었거든."

"누구 만난다고 그러진 않고?"

"내가 어떻게 알아? 그런 말 못 들었어."

"형사들이 뭐래?"

종혁은 다시 형사에게로 질문이 던져졌다.

"기팔이 오빠가 최근에 싸운 적이 있느냐고 묻데. 그런 일 없었다고 그랬어. 좀 아까까지 집에 있었다고 그랬어. 난 밖에 잠깐 나갔다가 들어왔다고 그랬고. 오빠가 골목에서 칼을 맞았다고 그러는 거야. 형사하고 같이 시체 보관실에 가서 죽은 오빠를 봤는데 처참했어. 목에 칼이 꽂혀 있는 거야."

"…."

"겁나 죽겠어. 오빠가 여기 오면 안 돼?"

주아는 무섭다는 듯이 거친 숨소리만 수화기를 통해서 들려왔다.

"내가 거길 어떻게 가냐? 안 그래도 우리 화곡동에서 그런 사건이 일어났는데. 애들은?"

"다들 안 자고 있어. 무서운가 봐."

"이거 큰일났네…."

종혁은 전화를 받다 말고 형민과 천식을 바라보았다. 대화 내용을 다 듣고 있던 형민과 천식도 난감한 표정을 지었다.

"일단 애들보고 자라고 그래. 그리고 기팔이가 없으니까 네가 알아서 뛰어. 어쩌겠냐? 안 그래?"

"마치 누군가 오빠한테 복수한 거 같애. 형사들이 자꾸 그런 쪽으로 묻더라."

"그래서? 모른다고 하지 그랬어?"

종혁의 목소리가 거칠게 튀어나왔다.

"응. 모른다고 그랬지. 같이 살지만 오빠가 하는 일에 대해선 아무것도 모른다고 그랬어."

"잘했어. 앞으로도 경찰서에서 부르면 무조건 모른다고 그래. 그리고 애들한테도 너무 떨지 말라고 그러고. 너하고 다른 애하고 좀 뛰어. 다른 애 누구 같이 뛸만한 애 있냐?”

종혁은 영등포 조직에서 기팔이와 편주아가 둘이서 애들을 실어 나르고 있는 걸로 알고 있었다.

“응. 영희하고 같이 뛰면 돼. 근데 겁이 나서…….”

“겁낼 것 없어. 딴 걱정하지 말고. 알았냐?”

“…무서워”

“겁내지 말라니까. 우리가 뒤에 있으니까 겁먹지 말어.”

종혁의 목소리는 점점 화가 돋아나고 있었다.

“응. 알았어. 그럼 오빠들이 여기 못 온다는 거야?”

“거길 어떻게 가냐? 형사들이 물어도 절대로 오빠들 이름은 들먹이지 마라. 알겠냐?”

“응.”

“거기 있는 애들 다 술집에 나간다고 그래. 단란주점에 일 나간다고 그러면 돼.”

종혁은 그런 세세한 것까지 일러주었다.

“알았어. 그럼 나하고 영희가 같이 뛰는 거야.”

“그래. 그렇게 해. 네가 구청장이라고 생각하고 뛰어.”

“응.”

여자애들 치고 종혁의 말을 잘 듣지 않는 애는 없었다. 이때까지 종혁이가 여자애들에게 보름 간격으로 자신이 번 수입을 배분해 줬었고, 새로운 여자애들을 소개시켜 데리고 왔을 때에는 바로 그 다음날 기분 좋게 포상금을 온라인으로 지급해 줬던 것이다.

그랬으므로 어느 구청에 속한 여자애들이든지 간에 종혁의 인간됨을 모르는 여자애들은 없었다.

그만큼 종혁은 깨끗하게 일을 처리했다.

간혹 보도방을 하는 남자들 중에는 그런 것을 미끼로 해서 여자애들을 불러내서 성적인 욕심을 채우는 이들도 있었다.

"주아야?"

형민이 물었다.

"응. 형사가 다녀갔대. 아직 별일은 없고. 애들이 무섭다고 그런다고. 주아하고 영희가 맡으라고 그랬어. 형."

"그래. 됐어."

"형. 어떤 놈이 기팔이를 건드렸지? 우리도 복수를 해 버릴까? 차배수도 나왔잖아."

"아냐. 됐어. 차배수한테는 더 이상 이야기하지 마라"

형민이 단호하게 자르듯이 말했다.

"왜? 저쪽에 있는 놈이 또 다른 구청장을 건드리고 나오면 어떡해? 차배수가 나왔으니까 저쪽에다 본때를 보여 주는 게 낫잖아?"

"자꾸 이러다간 일이 더 커져."

"…"

형민의 그 한 마디에 종혁은 입을 다물어 버렸다.

"일이 커지면 깨질 건 저쪽이 아니라 우리야 그거 알 지?"

"…."

"천식이도 잘 들어. 이번 일은 그냥 없던 것으로 묻어 버리는 게 좋아. 경찰에서 조직간의 싸움이라고 알고 처리되면 좋고. 보도방이 개입돼 있다는 걸 모르고 지나가면 더 좋지."

"으응."

종혁과 천식은 형민의 말에 수긍을 했다.

"오늘부터 종혁이 너는 완전히 잠적해 버려라. 아주 흔적 없이 잠적해 버린 것처럼 해. 오피스텔에 처박혀서 연습만 하던지, 아니면 차배수 옆에만 있던지 해서 누구도 너를 기억하지 못하도록 숨어 버려."

"?"

종혁은 형민을 쳐다보았다.

"여자애들도 네가 보도방이라는 것을 잊어 버릴 때까지 숨어 있으란 말이다."

"아, 형 알았어."

"그래야 완전히 변신이 되는 거야. 주먹잽이가 옛날에 보도방을 했다는 것은 안 좋아. 그걸 완전히 씻어내란 말이야"

"알았어."

종혁은 고개를 끄덕였다.

"과거는 철저히 묻어 버리는 게 좋아. 천식이는 내 2인자로 남아 있으니까 그럴 필요는 없고."

"응."

이번엔 천식이가 대답을 했다.

"당분간 경찰에서는 조직들의 동태를 살피느라 신경을 곤두세울 거다. 이럴 때는 조용히 숨어 있는 게 좋아. 괜히 머리 쳐들었다가 된통 당하지 말고."

"알았어."

"이제 나가 봐라. 차배수가 일어났을지 모르겠다."

형민이 벽시계를 보고는 그렇게 말했다.

"형."

종혁이 불렀다.

"형이 아니라, 앞으로는 형님이다. 형님으로 불러라."

"형님!"

종혁은 무릎을 꿇으면서 형민을 쳐다보았다.

"그래. 넌 오늘부터 보도방이라는 데를 떠나는 거다. 앞으로 네가 놀 곳이 어딘지 알겠지."

"형님!"

종혁은 그 자리에서 형민에게 절을 하고는 곧바로 일어났다. 종혁의 눈가에 이슬이 맺힐 것만 같은 분위기였다.

종혁은 곧바로 일어나 나가 버렸다.

한편, 수사본부에서는 두 건의 조직폭력배가 살해된 사건에서 초긴장을 하고 있었다. 강서경찰서장이 직위해제 되고.

영등포경찰서장이 직위해제 된 상태에서 경찰청에서 직접 이번 사건에 개입하고 있었다.

명목상으론 강서경찰서와 영등포경찰서에다가 수사본부와 상황실을 만들어 놓았지만 경찰청 본부에서도 수사본부를 설치 하고 있었다.

두 경찰서와 경찰청에서는 서로 긴밀한 협조를 하면서 살인범을 잡아내는 데에 전 경찰력을 동원하고 있었다. 경찰청 본부에서는 지금 수사 회의가 열리고 있었다.

각 경찰서에서 차출되어 올라온 유능한 형사들이 일렬로 앉아 있었고, 그 형사들을 데리고 온 서울 시내 각 경찰서의 수사과장이 자신이 데리고 온 형사들의 옆에 앉아 있었다.

길다란 테이블의 상석에는 경찰청장이 정복을 입은 채로 앉아 있었다.

그만큼 사안이 급박했으므로 경찰청장이 직접 각 경찰서에서 차출되어 온 형사들과 수사과장을 직접 닥달하고 있었다.

"영등포와 강서 수사과장은 별다른 단서가 있나?"

경찰청장의 질문이었다.

"저희 영등포에서는⋯."

영등포 수사과장이 강서 수사과장을 힐끗 쳐다보며 천천히 입을 열었다. 먼저 선수를 치겠다고 나온 셈이었다.

"이번에 피살된 기팔이가 오랜 조직 생활을 했기 때문에 조직간의 암투에서 벌어진 사건이라고 봅니다."

"그래서?"

청장이 말을 꺼냈다. 영등포 수사과장은 청장의 말에 약간 주눅이 든 듯했다.

"저, 조직간의 싸움이라는 것은 관할 술집들을 끼고 있어서 술집들에서 나오는 수입이 막대합니다. 그래서 그 이권 때문에 자주 충돌이 일어나곤 합니다만……."

"…."

청장은 묵묵히 듣고 있었다.

"이번 사건은 우발적인 충돌이라기보다는 오래 전부터 계획해온 살인으로 봅니다."

"응. 그래서?"

어깨에 무궁화를 주렁주렁 단 청장이 입을 열었다. 청장의 앞에는 녹차 잔에서 뜨거운 김이 올라오고 있었다.

청장은 처음에 녹차 한 모금을 마시고는 그대로 놓아두고 있었다.

"저희 영등포에서 수사한 바로는, 화곡동에서 살인 사건이 일어난 시간에 기팔이가 화곡동에 가 있었던 것으로 드러났습니다."

"그래?"

청장은 그 말에 강서경찰서 수사과장의 얼굴을 쳐다보았다가 다시 영등포 수사과장의 얼굴로 시선을 옮겼다.

"네. 그렇습니다. 화곡동에서 석주가 살해된 시간하고. 기팔이가 화곡동에 간 시간하고 일치하고 있습니다.”

“그럼 뭔가? 같은 시간에 일어난 사건인가?”

“네. 맞습니다. 영등포의 기팔이가 화곡동에 가서 싸웠다고 합니다. 바로 그 시간입니다.”

“그래?”

청장이 놀라는 표정을 지었다.

“그래서 보복을 한 게 아닌가 하는 생각이 듭니다.”

“그렇다면… 같은 시간에 석주가 살해되었단 말인가?”

청장이 물었다.

“제 생각으로는 제3의 인물이 있지 않을까 합니다. 기팔이가 석주의 조직원들과 싸우고 있는 동안에, 제3의 인물이 석주를 살해했다고 봅니다.”

“그래?”

청장의 얼굴에 가벼운 웃음이 흘러나왔다. 수사의 실마리가 어느 정도 풀리는 듯한 표정이었다.

“제가 한 말씀 드리겠습니다.”

이번엔 강서경찰서의 김인택 과장이었다.

“저희 경찰서에서도 그것을 알고 있습니다. 기팔이가 화곡동에서 싸움을 벌이고 있는 동안, 누군가가 집에 남아 있는 석주를 살해한 것이라고 봅니다. 거의 같은 시간에 일어난 사건이었습니다.”

“그렇다면 제3의 인물이 누구야?”

청장이 버럭 소리를 질렀다. 처음 살인 사건이 일어난 강서 경찰서 쪽에다 질책을 하는 셈이었다.

"아마도… 기팔이의 수하에 있는 인물일 가능성이 높습니다만… 아직은 단서를 찾지 못하고 있습니다."

강서경찰서의 김인택 과장은 영등포 쪽에다 화살을 돌렸다.

"그럼, 영등포에서는 단서가 없나?"

"저희 관내에서는 기팔이의 조직을 살살이 파고들고 있습니다. 기팔이의 조직원이 80명에 가깝게 나오고 있습니다. 그 중에서 누가 그랬는지는 아직…."

"그럼 기팔이를 살해한 놈은?"

청장의 말에 강서경찰서의 김인택 과장이 긴장하면서 입을 열기 시작했다.

"석주의 조직을 쫓고 있습니다만, 지금… 잡지 못하고 있습니다."

"왜 못 잡아? 왜 못 잡느냐고!"

청장이 버럭 소리를 질렀다.

거기 모인 형사들은 청장의 고함소리에 찔끔했다. 성격이 황소 같은 청장의 고함소리에 잘못 말을 꺼냈다간 앞에 놓인 녹차 잔이 날아갈 것이 뻔했다.

청장의 그런 성격을 아는 형사들로선 그 누구도 감히 입을 열지 못했다.

"그럼 뭐야? 기팔이를 죽인 놈도 제3의 인물이라는 거고. 석주를 죽인 것도 제3의 인물이라는 거 아냐? 그런데도 못 잡아내?"

청장이 씩씩거리기 시작했다. 당장이라도 벌떡 일어나서 김인택과장과 이종무 영등포수사과장의 어깨에 달고 있는 무궁화 계급장을 떼어내 버릴 것만 같은 험악한 인상이었다.

"…."

다들 시선을 테이블 위에만 두고 있었다.

"좋아! 만일 사건이 미궁으로 빠질지도 모르니까! 같은 시간대라는 것을 당장 고쳐! 같은 시간대라면 동일한 놈이 아니잖아!"

"….."

"만일 기자들이 이번 사건을 동일한 놈으로 보고 있는데, 나중에 사건이 밝혀지지 않으면 어떻게 할 거야! 화곡동에서 일어난 싸움과 석주의 살해 시간이 서로 틀리도록 해놓고. 그래야 기팔이가 홧김에 석주를 살해한 것으로 될 거 아냐! 안 그래!"

"…."

"그리고 나서 기팔이가 살해된 건 석주의 조직원 중에서 누군가가 기팔이를 살해한 것으로 축소시킬 수가 있잖아! 그건 우리만 아는 걸로 하고 기자들에겐 그런 걸 말하면 안 돼. 알았나!"

"네. 알겠습니다."

"네."

두 수사과장이 머리를 숙였다.

"이런 머저리들 같으니라고! 그 두 놈을 못 잡아내?"

청장이 버럭 소리를 질렀다.

"곧 잡겠습니다."

"저희도 곧 밝혀내겠습니다."

두 수사과장은 그렇게 말하는 수밖에 없었다. 내부적으로는 제3의 인물이 각각 살인사건을 저질렀다고 판단하고 있었지만 대외적으로는 기팔이와 석주 조직과의 암투인 것처럼 알려서 죽은 기팔이와 아직 잡히지 않은 석주의 조직원 중에서 한 명이 일으킨 사건으로 몰아가고 있었다.

그렇게 되면 석주의 조직원 중에서 범인인 한 명만 잡게 되면 두 사건은 일시에 해결되는 셈이었다.

"일단 기자들에게 그렇게 발표해 그래서 기팔이를 살해한 석주의 조직원들을 쫓고 있다고. 그 놈만 잡으면 이 사건은 다 해결된다고 그래."

"네. 알겠습니다."

수사과장들은 동시에 머리를 숙여 보였다.

그것으로써 수사본부 회의는 끝이 났다.

청장이 자리에서 일어나서 밖으로 나가고 나서 두 수사 과장들은 노련한 형사들에게 청장이 말한 것을 알고 있으라고 하고선 각각 제3의 인물을 빨리 잡아내라고 지시를 내렸던 것이다.

그리고 나서 바깥에 있는 기자실에 들러 청장이 말한 대로 수사 상황을 브리핑하기 시작했다.

영등포 조직의 보스인 기팔이가 화곡동에서 석주의 조직원들에게 시비를 당한 것에 앙심을 품고서 화곡동의 보스인 석주를 살해한 것이며, 살해를 당한 석주의 부하들이 기팔이를 살해한 것이라고 결론을 지었다.

그 기사는 다음날 아침부터 대서특필로 튀어나갔다.

조직간의 암투 살인사건.
누가 범인인가.

주간 신문에까지 상세하게 보도된 살인사건은 경찰이 의도한 대로 종적을 감춘 형석주의 심복 중 한 사람의 소행으로 몰아가고 있었다.

조직간의 갈등이 일어난 배경에는 대형 술집들에 대한 이권 다툼이 일어날 수 있고, 최근에는 모텔이나 단란주점등에 여자들을 공급해주는 역할까지도 조직들이 개입하고 있다는 기사까지 흘러나오고 있었다.

조직이란 돈이 되는 곳이면 어디든지 개입한다는 무모한 기사까지 실려지고 있었다.

종혁은 모텔로 가서 차배수를 만났다.

"형님. 잘 주무셨습니까?"

종혁은 깊숙이 허리를 숙이고는 벌거벗은 채로 자고 있는 운향을 보았다. 차배수가 들어오라고 해서 방으로 들어 왔지만 운향이 아직까지 그대로 자고 있는 줄은 몰랐던 것이다.

"그래. 잘 잤냐?"

"네. 형님."

종혁은 말을 할 때마다 깊숙이 고개를 숙이며 공손하게 대답을 했다.

"물 좀 틀어 놔라. 샤워 나 하고 나가야겠다."

"네, 형님."

종혁은 욕실로 들어가서 욕조에다 따뜻한 물을 틀어놓고는 밖으로 나왔다. 어느새 배수는 일어나 담배를 피워 물고 있었다.

차배수의 몸통은 완전히 문신으로 가득 차 있었다. 군데 군데 칼맞은 자국에는 문신이 일그러져 있었다.

차배수의 성기는 유난히 커 보였다. 종혁은 차배수의 성기를 바라보다가 흠칫 놀라고 말았다.

"왜? 이상하냐?"

차배수가 자신의 성기를 보고 놀라는 종혁을 보며 물었다.

"아닙니다. 형님."

"어젯밤 쟤가 죽었지. 핫하. 이걸로 해줬으니까."

차배수는 침대에 자고 있는 운향을 가리키면서 자신의 성기를 어루만졌다.

감방 안에서 보았던 해바라기 좆이었다. 차배수의 성기는 해바라기를 한 상태에서 해바라기 끝에 일일이 굵은 다마를 박아놓아서 마치 여러 개의 작은 성기가 커다란 성기 끝에 주렁주렁 매달려 있는 듯한 형상이었다.

무지막지한 성기였다.

차배수가 욕실로 들어가고 나서 종혁은 그 자리에 그대로 서 있었다.

운향은 아직까지도 방안에 누가 들어왔는지 모른 채로 깊이 잠들어 있었다. 침대 시트 사이로 드러난 아랫도리는 팬티마저 걸치지 않은 상태였다.

종혁은 창 밖으로 시선을 돌린 채로 차배수가 나오기만을 기다렸다.

"어. 시원하다. 애들 다 일어나라고 그래. 나가서 밥이나 먹자."

"네. 형님."

종혁은 차배수에게 담배 한 개피를 권하고는 불을 붙여 주었다.

후, 하고 연기를 내뿜었던 차배수는 침대 위에 자고 있는 운향의 벌거벗은 아랫도리를 보고는,

"하하. 완전히 드러나 있네. 너, 저거 봤냐?"

하고 웃어 보였다.

"네. 형님."

"넌 저거 보면 안 서냐?"

"…."

종혁은 그저 서 있기만 했다. 대답을 할 수가 없었다.

"저렇게 자는 년은 첨 보네. 어젯밤 그대로 자는군."

운향의 아랫도리는 한쪽 다리가 세워진 채로 옆으로 약간 벌려져 있어서 검은 숲과 계곡이 그대로 다 드러나 보였다. 곤히 잠들어 있는 운향은 두 남자가 자신의 아랫도리를 내려다보고 있는지조차 모르고 있었다.

"난 말이야…"

차배수가 침대에 걸터앉아 말을 꺼냈다. 그의 입에서 담배 연기가 나왔다.

"네, 형님."

종혁은 허리를 숙여 대답하고는 똑바로 섰다.

"징역에 있을 때 해바라기를 하고 나서 써먹을 데가 있어야지. 하하. 어젯밤에 정말 멋지게 써먹었지."

"…."

종혁은 잠자코 듣고 있었다.

"얘가 아주 멋진 거라고 하더라. 이런 건 처음 봤다고 하니까 하하. 그래서 저렇게 퍼져 버렸군 머."

차배수는 운향의 사타구니 사이에 나 있는 검은 숲을 어루만졌다.

"….."

그런데도 운향은 잠에서 깨어나지 않았다.

"나 애하고 한바탕 더 하고 있을 테니까 애들보고 일어 나서 기다리라고 그래. 아침 먹으러 가야지."

"네. 형님. 그럼 나가보겠습니다."

종혁은 고개를 숙여 보이고는 방문을 열고 나갔다.

침대에 걸터앉은 차배수는 담배를 끄고는 운향의 허벅지를 툭 쳤다.

"야. 일어나."

운향이 부스스 눈을 떴다가 차배수를 보고는 두 팔을 벌렸다. 안아달라는 투였다.

"무슨 잠을 그리 자냐? 야 내가 다 봤다."

"뭘요?"

운향은 하룻밤 사이에 마치 애인처럼 나왔다.

"너, 아랫도리 말이야."

"?"

운향은 시트 자락 사이로 드러나 있는 아랫도리를 보고는 그저 웃기만 했다. 둘이 있는데 뭐 어떠냐는 식이었다.

"종혁이가 들어왔다가 다 봤어. 털까지도 다 보고 나갔다.

하하."

"종혁 오빠가? 그럼 나 깨우지? 그냥 다 봤어?"

"그래. 둘이 이야기를 하고 있는데도 안 일어나냐?"

"괜찮아 머 보면 뭐 어때?"

운향은 그제서야 시트 자락을 끌어다 알몸을 가렸다.

차배수가 침대 위로 올라갔다.

운향은 기다렸다는 듯이 그를 끌어안았다.

두 사람은 애무를 할 것도 없이 금세 몸이 포개졌다. 차배수의 무지막지한 성기가 운향의 몸 속으로 들어가자 그녀는 입을 딱 벌렸다가 그의 가슴에 입술을 갖다댔다.

아침의 섹스는 또 다른 맛을 느끼게 해주는 것인지도 몰랐다. 운향은 종혁 오빠가 들어왔다가 벌거벗은 몸을 보고 나갔다는 말에도 신경을 쓰고 싶지 않았다.

"오빠. 그거 어디서 한 거야? 징역에서?"

"그래."

차배수는 엉덩이를 움직이기 시작했다.

"그 안에서 이렇게 만들 수 있어?"

"응. 해바라기를 만드는 놈들이 많지."

"으응, 이거?"

"그래."

차배수는 운향의 몸이 자신의 몸 쪽으로 달라붙으면 달라붙을수록 더욱 큰 동작으로 엉덩이를 움직였다. 한 번씩 내려칠 때마다 운향의 몸이 침대 밑으로 푹 꺼질 듯이 내려앉았다.

밑에서는 철버덕거리는 물소리가 들려나오기 시작했다.

"난 이렇게 큰 거는 처음 봤어."

"그래? 내가 크게 만들었지. 안에 느낌이 어때?"

"아주 멋져! 꽉 찬 듯한 기분이야."

"찢어 질 거 같지 않나?"

"괜찮아. 이런 걸로 찢어지면 어떡해."

"하하. 맞다! 이보다 더 크게 만든 무식한 놈도 있어. 그런 놈들은 나가서 이거 하려면 앞에다 침을 발라야 돼."

"응? 왜? 침을 발라?"

"그래! 침 안 바르면 그게 들어가냐?"

"아! 하하. 난 또 뭐라고…."

차배수의 동작은 점점 거칠어졌다. 운향의 가는 몸뚱이를 내려치면서 절정으로 치닫고 있었다.

그는 사정을 하고 난 후에 운향의 젖가슴에다 얼굴을 파묻었다.

"…."

운향도 그가 사정을 했다는 것을 알아차렸다.

"오빠."

"왜?"

"오빠하고 형민이 오빠하고 친구야?"

"그런 셈이지. 왜?"

"어젯밤에 하는 거 보고. 그냥 물어보는 거야."

"이제 일어나. 난 애들하고 밥 먹으러 가야 되니까."

"응."

그제서야 그들은 몸을 떼어냈다. 차배수가 일어나자 그녀의 계곡에선 정액이 쏟아 내리기 시작했다.

그녀는 얼른 티슈를 뽑아 흘러내리는 물기를 막고는 시트를 끌어 덮었다.

차배수가 욕실로 들어가고 나서 곧 물소리가 들려나왔다. 샤워를 마친 차배수는 옷을 입고는 먼저 방을 빠져나왔다.

그 동안 종혁은 동생들을 깨워서 바깥에서 기다리고 있었다.

"형님. 잘 주무셨습니까?"

동생들이 일제히 고개를 숙이면서 절을 했다.

"그래. 밥이나 먹으러 가자."

"네, 형님."

종혁이 먼저 앞장을 섰다.

이른 아침 시간이라 뼈다귀 해장국 집 밖엔 들어갈 만한 곳이 없었다.

식사와 소주를 같이 주문하고는 술잔부터 돌리기 시작했다. 해장술이었다.

식사를 마친 차배수는 동생들을 다 돌려보내고 나서 종혁만 남게 했다.

밖으로 나온 두 사람은 종혁의 차에 올라 화곡동으로 향하고 있었다.

"여기냐?"

오피스텔 안으로 들어선 배수는 종혁의 오피스텔을 보고서 물었다. 방안에는 각종 무기들과 운동기구들이 질서 정연하게 놓여져 있었다.

"네. 형님."

"흠. 괜찮네."

차배수는 벽에 걸린 일본도를 하나 빼내서 두 손에 마주 잡았다. 마치 무언가를 겨냥하듯이 노려보던 배수는,

"종이 한 장 들고 있어 봐."

"?"

종혁은 배수가 종이를 벨 거라고 생각하니 뒷골이 오싹 해졌다.

"종이 들어 봐."

배수가 다시 시켰다.

종혁은 어쩔 수 없이 종이 한 장을 들고 있었다.

얏!

배수의 칼날은 정확하게 종이 중간을 가르면서 날아갔다. 종이가 싹둑 잘려나가서 떨어졌다.

종혁은 속으로 놀라움을 금치 못했다. 배수가 감방에 있는

동안, 칼을 다루는 솜씨가 녹슬지 않고서 정확하게 베어내는 모습에 종혁은 안도의 숨을 내쉬었다. 자칫 잘못했다간 손목을 날려 버릴지도 모르는 일이었다.

"종이 베어 봤냐?"

"아직 못 베어 봤습니다."

"그래? 종이를 벨 정도만 되면 돼. 종이라고 우습게 보지 마라. 종이는 함부로 베어지는 게 아니다."

"네, 형님."

"뻣뻣한 것은 베기가 쉽지만 종이 같은 것은 순간적으로 베어 버리지 못하면 절대로 베어지지 않지."

배수는 칼을 올려놓고서 이번엔 쇠파이프 하나를 꺼내 들었다. 그는 쇠파이프를 쥐고선 앞쪽을 겨냥하다가 획, 하고 내리쳤다. 마치 바람을 가르는 듯이 휘파람 소리가 들려나왔다.

머리 위에서 순간적으로 내려치면서 속도가 무지 빨랐으나 바닥에서 곧 멈추어졌다.

굉장한 속도에 비해서 쇠파이프를 단숨에 멈출 수 있는 그런 힘은 어디서 나오는 걸까.

종혁은 차배수의 그런 실력을 보고서 놀라움을 금치 못 했다. 감방 안에서 썩는 동안, 차배수는 어쩌면 온몸의 운동 신경을 그대로 놔두지 않고 단련한 것만 같았다.

"형님."

"왜?"

차배수는 쇠파이프를 머리 위로 들고선 순간적으로 종혁의 머리 위로 내리쳤다.

종혁이 미처 피할 틈도 없었다.

어. 하는 순간에 쇠파이프는 종혁의 머리카락 끝에서 멈춰 섰다.

"하하. 이제 슬슬 몸이 풀리는군."

차배수는 아무렇지도 않은 듯이 웃었다.

그는 다시 쇠파이프를 바닥에 짚는가 싶더니 몸을 획, 날려서 천장으로 발을 날렸다. 천장에 발끝이 닿은 그는 거의 충격이 없이 사뿐 바닥에 내려섰다.

그는 몸놀림은 정말 날렵했다.

어젯밤 술을 마시고도, 또 운향과 하룻밤을 진하게 섹스를 하고 나서도 그의 몸은 둔하게 움직이지 않는다는 것을 알 수 있었다.

그는 쇠파이프를 내려놓고는 의자로 가서 앉았다.

"너, 사람의 급소는 아나?"

"아직 모릅니다. 형님."

"그래? 핫하하. 아직 급소도 몰라?"

"네. 형님."

종혁은 차배수에게 머리를 숙여 보였다. 부끄러운 일이었다.

"좋아! 가르쳐주지. 우리가 노리는 급소는 의술에서 말하는 급소와 다르지."

"네. 형님."

"칼을 쓸 때는, 제일 큰 급소가 명치다"

"네. 형님."

"그리고 두 번째는 여기, 목의 바로 옆부분이다. 여기를 칼로 푹 찔러 버리면 동맥과 정맥이 동시에 짤려 버리니까 칼날이 깊이 들어가면 심장을 찔러 버리는 곳이지."

"네. 형님."

종혁은 머릿속에 담아둘 듯이 차배수가 하는 말을 명심 하면서 들었다.

"세 번째는 등이다. 등은 위에서 한 뼘 정도. 그쪽이 바로 심장을 관통하는 곳이다."

"네. 형님."

종혁은 다시 머리를 숙여 보였다.

"그리고 대개 상대 놈을 겁주기 위해서라든가, 그냥 병신만 만들어 놓으려면 허벅지를 찌르지. 허벅지를 푹 찌르면 근육이 잘려져 버려. 그리고 꼼짝도 하지 못하게 하려면 발뒤꿈치 아킬레스건을 끊어 버리는 방법도 있고."

"네. 형님."

"내가 말한 것을 명심하고 칼쓰는 법과 쇠파이프를 쓰는 법을 배워라. 네가 앞으로 내 밑의 2인자가 되려면 피나는 연습을 해야겠다.”

“네. 형님. 알겠습니다. 형님.”

“이제 난 잠 좀 자야겠다. 여기서 자면 되냐?”

차배수는 한 쪽 편에 놓여진 침대로 가서 걸터앉았다.

“네. 형님. 편히 주무십시오.”

종혁은 차배수가 누울 수 있도록 베개를 놓아준 다음에 시트를 덮어주었다. 배수는 어젯밤의 피로가 몰려왔는지 곧 눈을 감았다.

종혁은 차배수가 잠든 틈을 타서 벽에 걸어놓은 일본도를 빼내 종이베기 연습에 들어갔다.

그게 쉽지가 않았다. 종이는 한쪽 면만 찢어지고는 그대로 있었다.

종혁의 칼 솜씨는 아까 본 차배수의 칼 솜씨에 비해 거북이 걸음 같았다. 그는 차배수의 수면에 방해가 되지 않게 조심스럽게 연습에 임했다. 그러자니 이마에선 금세 굵은 땀방울이 배어 나오기 시작했다.

역시 칼쓰는 법은 함부로 되는 게 아니었다.

종혁은 차배수가 잠들어 있는 동안, 하루종일 종이를 칼로 베어냈지만 완전하게 베어낸 것은 하나도 없었다.

그럴수록 더욱 정신을 가다듬었다. 칼날 끝에다 온 정신을 끌어 모으고선 내리쳤지만 차배수처럼 쉽게 베어지질 않았

다. 칼쓰는 법은 익숙해진 것 같았지만 종이 베기엔 실패였
다.

"…."

종혁은 칼을 휘두르지 않은 채로 칼끝만 노려보고 있었다.
칼이 어떻게 바람을 가르고서 종이에 닿아 소리 없이 베어지
는가를 생각할 뿐이었다. 차배수가 말한 순간적인 힘을 이용
하라는 말이 실감 있게 들렸지만 그 순간적이란 힘의 근원을
찾아내기가 쉽지 않았다.

물론 팔과 근육의 힘만으로는 되는 게 아니었다.

정신과 힘이 한데 어우러져야 종이가 싹둑 베어질 것이었
다.

"…."

그는 이제 칼을 함부로 놀리지 않았다. 칼끝만 바라보고 있
어도 좋았다.

차배수가 잠에서 깨어나 종혁의 모습을 바라보고는,

"뭐하냐?"

차배수는 알면서도 물었다.

"네. 형님. 연습하고 있었습니다."

종혁이 칼을 내리며 말했다.

"모든 건 한꺼번에 되는 게 아니다. 주먹도 한꺼번에 배울
수는 없지. 시간이 지나면서 차츰 눈을 뜨게 돼. 시간을 들이
지 않은 주먹과 칼은 부러지기 쉬워."

"네. 형님."

"조직이란 것은 오랜 시간 동안, 징역을 밥먹듯이 살면서. 몸으로 부대끼면서. 칼을 맞아가면서 혼자 터득하는 거지. 싸움에서 이긴 자만이 터득할 수 있는 거니까."

"네. 형님."

차배수는 침대에 일어나 앉았다.

"물 좀 갖다 줘라."

"네. 형님."

종혁은 냉장고에서 생수를 꺼내 잔에 가득 따라 갖다 바쳤다. 물을 다 비운 배수는 다시 침대 위에 드러누웠다.

"칼 잡아 봐."

"네. 형님."

종혁은 바닥에 내려놓았던 칼을 집어들었다. 칼끝을 정면에서 약간 위쪽으로 향하도록 치켜들어서 겨누었다.

"칼을 들고 있어도 자신감이 없으면 상대방은 몽둥이를 들고 있는 것처럼 느껴지게 돼 있어. 넌 아직 몽둥이를 들고 있는 것밖엔 안 돼. 칼끝에다 힘을 줘라. 눈알에도 힘을 주고."

"…."

종혁은 손잡이를 잡고 있는 두 손바닥에다 힘을 주면서 꽈악 그러잡았다. 칼끝이 흔들릴 정도였다.

"봐라. 칼끝이 흔들리는 거 보이나? 네 눈으로 똑똑히 봐라."

배수의 그 말에 종혁은 칼끝을 쳐다보았다.

손목에 너무 힘을 줘서인지 칼끝이 흔들리는 것이 확연하게 눈에 띄었다.

"그건 칼을 들고 있다고 해도 벌써 자신감이 없다는 거나 마찬가지야 칼끝이 안 흔들리도록 해 봐라."

"네. 형님."

종혁은 칼끝을 바닥에다 내려놓았다가 다시 치켜들었다. 그리곤 정면을 향해 칼끝을 겨누었다. 정신을 가다듬으면서 호흡까지 멈추었지만 칼끝이 흔들리는 건 막을 수가 없었다.

그는 계속 칼끝을 내렸다가 다시 칼을 치켜들었다.

배수는 팔베개를 한 채로 눈을 감고 있었다. 어젯밤에 본 운향의 알몸이 자꾸만 어른거렸다. 자신의 해바라기가 질 속으로 들어갔을 때에 운향이 몸을 비틀면서 자신의 가슴을 껴안아오던 모습이 기억났다.

오랜만에 느껴본 여체였다.

원주교도소에서 나와 처음으로 안아본 여자라서일까. 아니면 운향의 몸에서 자연스럽게 배어 나온 육감이랄까. 운향은 여느 여자와는 다른 맛을 느끼게 해 주는 무엇이 있었다.

"야 종혁아."

"네. 형님."

"운향이란 애가 천식이 밑이냐?"

"네. 형님."

종혁은 겨누던 칼을 거두고는 의자로 가서 앉았다. 목이 말랐으므로 물을 따라 마시고는 배수를 쳐다보았다.

"형민이 꺼는 아니겠지?"

배수가 불쑥 그런 말을 꺼냈다.

"네? 아, 형민이 형은 여자애들을 절대로 건드리지 않습니다. 천식이도 그렇고요."

"그래? 너도 그러냐?"

"네. 형님."

"왜? 운향이 정도면 삼삼하던데… 아하, 보도방이라서 그러냐?"

"네. 형님. 그리고 그건 또 형민이 형님이 당부한 말이기 때문에…"

"핫하. 그래야겠지. 보도방이 여자애들을 건드리면 다른 애들하고 사이가 안 좋겠지."

"…."

"오늘밤에 운향이를 좀 불러내면 안 되겠냐? 걔가 이쁘게 나오던데… 뭐 조직에 누가 된다면 할 수 없지만 말이야."

"형님. 아닙니다. 제가 이야기를 해 보도록 하지요."

"그럴래? 핫하. 좋아. 어젯밤에 걔가 아주 멋들어지게 하는 것 같아서 말이야. 어차피 우리야 여자 데리고 살 인생은 아니고… 징역에서 나와서 허하니까 여자를 찾는 거지 머."

"네. 형님."

"그리고 이 오피스텔은 당분간 내가 좀 써야겠다. 그러면 되겠냐?"

"네. 형님. 그러십시오."

종혁은 공손하게 머리를 숙이고는 핸드폰을 꺼내 다이얼을 눌렀다. 곧 운향의 목소리가 흘러나왔다.

"어디냐?"

"응. 왜? 방금 일 마치고 들어가는 길이야. 천식이 오빠도 있어."

"됐어. 너 이리로 올래?"

"지금? 어디? 화곡동에?"

"그래. 배수 형님이 널 찾으신다. 택시 타고 얼른 와라. 오 피스텔이니까 여기 와서 전화해."

"그래? 그 오빠가 날 찾아?"

"그렇다니까! 천식이한테 말하고 얼른 와라."

"으응. 알았어."

운향은 기분이 좋은 듯 했다.

30분쯤 뒤에 운향으로부터 전화가 걸려왔다.

"지금 화곡동이야. 오피스텔이 어디야?"

"그래? 정림 오피스텔로 가자고 그래. 거기 1517호실이다. 니가 알아서 올라와라."

"응. 알았어."

전화를 끊은 종혁은 일어나서 차배수에게 절을 했다.

"형님. 곧 올 겁니다. 그럼 여기서 쉬십시오."

"그래. 알았다. 어디 갈 거냐?"

"다른 데 가 있겠습니다."

"그래. 미안하다 나 때문에 자리를 비워줘서."

"괜찮습니다. 형님."

종혁은 차배수에게 인사를 하고는 그 자리를 빠져나왔다. 운향이 오기 전에 자리를 피해야만 할 것 같았다. 운향이 자신을 보게 되면 어색해질 것만 같았다.

거대조직의 탄생

　밖으로 내려온 종혁은 차를 몰고서 봉천동으로 날아갔다. 형민과 같이 단란주점의 룸으로 들어 갔다.

　"어쩐 일이냐?"

　자리에 안자마자 형민이 물었다.

　"형님. 지금 오피스텔에 차배수 형님과 운향이가 있어서 나왔습니다."

　"왜? 운향이가 거길 왜?"

　"차배수 형님이 운향이가 마음에 든다고 해서…. 오피스텔을 그냥 쓰라고 그랬습니다."

　"그래? 하하 차배수가 운향이가 마음에 든다고?"

　"네. 형님. 어젯밤에 재미있었나 봅니다. 운향이 이야기를 자꾸 꺼내길래… 불러달라고 그래서 운향이를 보내줬습니다."

　"핫하. 그거 잘 됐군 그래. 잘했어."

형민은 술잔을 기울이면서 기분이 좋은 듯했다. 종혁도 모처럼 만에 단 둘이서 기분 좋게 술을 마신 듯했다.

"종혁아."

"네. 형님."

"조직원들을 많이 끌어들이고 싶다. 천식이한테도 말했는데 벌써 우리 조직은 남자들이 소화해 내기엔 벅차. 그래서 인원이 필요하다."

"그럼 인원을 늘리겠다는 말씀입니까?"

"그래. 구청별로 최소한 열 명은 돼야 할 것 같다."

"열 명씩이나요?"

종혁은 깜짝 놀랐다.

"그래. 앞으로 우리 조직은 차배수와 네가 있는 조직을 무력부로 만들어 놓고, 연예인을 관리하는 부서도 만들 참이야. 그리고 요즘 주부들이 살기 힘들어서 아르바이트를 하는 여자들이 많기 때문에 주부들만 골라서 뛰게 하는 일도 해볼 생각이다. 그래서 각 구청별로는 여자애들을 실어 나르는 놈들을 열 명 정도는 만들어 놔야 할 것 같다. 그래야만 모든 일들이 잘 돌아갈 것 같으니까."

"?"

형민의 말에 종혁은 더욱 놀랐다.

"앞으로 우리 조직을 무력부와 연예부, 알바부, 영계부로 키울 생각이다. 경찰의 단속에 걸리지 않게 하기 위해서 말이다.”

“네. 형님.”

“찌라시를 돌려서 남자들이 여자를 찾으면 차로 여자애나 주부들을 데려다주고 나서 남자의 차안에서 직접하게 하는 거다.”

“차안에서요?”

“그래. 그러면 아무 탈이 없지. 핸드폰으로 여자를 부르면 남자놈이 있는 차에까지 여자를 데려다주고 나서 차안에서 일이 끝날 때까지 우리 보도방들이 차를 지켜주는 거다. 만약 어떤놈이 섹스를 하고 있는 차로 접근하면 차안에서 보도방이 클락션을 울려서 알려주는거지. 그러면 절대로 걸릴 염려가 없으니까! 이런 생각이 어떠냐?”

“아, 형님! 멋진 생각입니다!”

종혁은 감탄을 했다.

“하하. 차에서 하고 있는 동안에 보도방들이 멀찌감치서 기다리면서 차안에 있는 놈을 지켜주는 셈이지. 그러면 그 새끼들은 원조교제를 하더라도 절대로 걸릴 염려가 없지 핫하.”

“맞습니다. 형님. 그런데 연예인들도 끌어들일 생각입니까?”

“그래. 연예인들은 고급이 아니냐 무력부에서 나서면 집에서 밤업소를 뛰는 연예인들을 끌어들이는 건 식은 죽 먹기지. 밤업소를 뛰는 연예인들이 아니더라도 얼마든지 끌어들일 수 있지."

"네. 형님."

종혁은 형민에게 고개를 숙였다.

"천식이한테 지시를 내려놨다. 너도 감방 안에서 알았던 놈들이라도 인간성만 좋다면 얼마든지 끌어들여라. 조직을 키우기 위해선 할 수 없어. 배신만 안 때릴 놈들이면 얼마든지 좋아. 앞으로 그런 일을 하려면 차도 많이 사들여야 할 것 같다."

"차 말입니까?"

"그래. 보통 차들이 아니라, 고급 차로 구입을 해야겠어 차 안에서 섹스를 하도록 하는 건데 모텔비로 나가는 돈을 받는 셈치고, 우리가 차를 빌려주고서 우리가 모텔비를 챙기는 셈이니까 고급 차라야 되겠지."

"아. 그럼 우리가 차를 몰고 가서 우리차에 남자놈들 더러 타라고 하고선 지켜주는 겁니까?"

"그래. 핫하. 그렇게 하려면 봉고나 승합차가 좋겠지. 널찍하니까."

"네, 형님. 맞습니다! 저는 그런 생각은 꿈에도 못 해 봤습니다."

종혁은 다시 한 번 머리를 숙였다.

"차배수가 무력부를 끌고 나가면서 혹시라도 어떤 일이 터지면 무력부가 달려가서 일을 해결하도록 하는 거니까 그렇게 알고 있어. 앞으로는 무력부도 많이 늘려서 각 구청마다 무력부가 두세 놈은 있도록 해줘야겠어. 그 놈들은 무력부 본부에서 관리하도록 하고. 구청에서 일이 터지면 그 자리에서 재빨리 해결할 수 있어야 하니까 말이야. 일이 생겨서 일단 경찰이 개입해 버리고 나면 뒷수습은 힘드니까.”

“네. 알겠습니다 형님.”

“넌 무력부 조직이나 키워라. 그쪽에서 쓸 일이 없는 놈들은 구청으로 보내 보도방을 시켜도 되니까 천식이한테로 엮어줘라.”

“네. 형님.”

종혁은 술잔을 비우고는 형민에게 잔을 바쳤다. 그리고는 술을 따라주었다.

“그리고 앞으로는 전국 대도시에도 우리 조직이 내려갈 거니까 그것도 염두에 두고 있으면 좋지.”

“전국으로 내려갈 겁니까?”

이번에도 종혁은 놀랄 수밖에 없었다.

지방 대도시에도 조직이 내려가려면 엄청난 인원과 조직력이 있어야만 했다.

“앞으로의 계획이니까. 우리 조직이 내려가면 다른 조직은 쓸어 버리는 거야. 우리가 술집과 모델들을 다 장악하면 돼 인원과 돈만 있으면 그런 일은 충분히 할 수 있어.”

“네. 형님.”

종혁은 가슴이 벌어지는 듯한 기분이었다. 형민의 생각 대로 조직이 커진다면 무력부의 역할도 엄청날 것임은 틀림이 없는 사실이었다.

전국을 무대로 칼과 주먹을 행사해야 할지도 몰랐다.

물론 주먹조직과 한 판 붙는다는 것이 아니라, 어디까지나 보도방의 일에서만 전국을 장악한다는 형민의 계획이었다. 보도방이라면 지방의 조직들도 섣불리 나서서 전쟁을 치르고 싶어하지는 않을 것이 뻔했다.

조직이란 한 가지 명분을 위해서 싸우겠지만 여자를 공급 해주는 칠공공 보도방을 상대로 해서 주먹조직이 싸움을 걸 어온다면 그건 웃음거리밖에 안 되는 것이었다.

형민은 그걸 노리고 있었다. 종혁의 생각도 물론 마찬가지 였다. 주먹조직이란 대형술집에 기생하면서 손님들의 행패를 막아주거나. 커다란 일에 끼여들어서 해결해주는 것으로 충 분한 대가를 받기 때문에 굳이 여자를 팔아 장사를 하는 조직 에까지 파고들 것이라고는 생각지 않았다.

만약 그렇게 되면 형민으로선 무력부를 앞세워서 지방의 조직까지도 쓸어 버릴 생각이었다.

보도방에 주먹조직이 패한다면 그 주먹조직은 웃음거리 밖 에 되지 않는다. 그런 위험을 무릎 쓰고 주먹조직이 함부로 덤비지는 않을 것이라고 생각하고 있었다.

형민과 종혁은 밤새도록 술을 마시면서 조직에 대해서 이야기를 나누었다. 형민은 종혁에게 모든 계획을 다 털어 놓았다. 종혁이 알고 있어야 할 것들이었다. 그래야만 무력부도 형민의 계획에 알아서 행동할 것이기 때문이었다.

아침에 헤어진 종혁은 화곡동으로 날아갔고, 형민은 일을 마친 천식에게 지시를 내렸다.

"넌 오늘부터 내 계획대로 움직여라."

"네. 형님."

천식은 일단 눈을 붙이고 나서 오후부터 움직이기 시작했다. 형민이 말한 대로 옛날에 감방에서 알았던 주먹들을 만나 조직 안으로 끌어들이는 작업을 했다.

전과가 있는 놈일수록 유리할 것이 뻔했다. 감방 안에서 썩어본 놈들이야말로 사회에 나와서 찬밥 신세를 면하지 못하고 있다가 천식이 다가가서 조직 안으로 들어올 것을 권유했을 때, 그들은 하나같이 반기는 것이었다.

무전유죄 유전무죄의 사회에서 그들은 오로지 주먹밖엔 믿을 게 없는 자들이었다.

미애와 차희는 형민이 시킨 대로 인터넷에서 알게 된 대학생들을 불러내고 있었다.

커피숍에서 만난 대학생들은 멋지게 빠진 미애와 차희에게 넋이 빠져 있었다.

"채팅에서 미인을 못 봤는데, 상당히 미인이시네요."

남자 대학생들은 미인이 나타난 것에 대해 쑥스러워해 하고 있었다.

"채팅을 잘하시데요? 여자들을 많이 꼬셔봤겠어요?"

"뭘요. 그냥 만나보면 다 못 생기고 그러는데…."

일단 미애와 차희는 친구인 것처럼 해서 남자애들을 데리고 모텔로 들어갔다. 남자애들을 녹이는 건 식은 죽 먹기였다. 성에 대해선 피라미들이라고 할 수 있는 대학생들에게 성의 맛을 보여준 그녀들은 좋은 일자리가 있다고 해서 형민에게로 데려왔다.

형민은 커피숍에서 그들을 만났다.

"하하. 우리 남자끼리 화끈하게 이야기하지."

"네. 그게 좋죠."

그들은 아직 아무것도 모르고 있었다.

"우린 조직이야. 주먹세계 알지?"

"네?"

남자 대학생 둘이 놀라서 서로 얼굴을 쳐다보았다.

"이건 흥정이야. 난 너희들이 필요해서 부른 거고. 어때? 우리하고 같이 일해 볼 마음 있나?"

"…"

두 명의 대학생들은 채팅에서 날고 긴다는 젊은이들 이었지만 주먹세계의 보스 앞에서는 기를 펴지 못했다.

"그만한 보수는 주지. 여자 한 명씩을 데려올 때마다 그만한 대가를 지불해주지. 학비도 벌고 재미있는 일이니까. 만약

내 밑에서 일하게 되면 난 너희들을 최고 대우를 해주겠다."

"…네."

일단 승락을 한 대학생들의 학생증을 보자고 해서 형민이 갖고선.

"이건 우리 회사에 보관을 하겠다. 만일 어떤 일이 생겼을 경우에는 니들이 책임을 져야 돼. 한 명에 50만원씩 지급하겠다. 그럼 됐나?"

형민의 말은 학생증이 있으므로 만일에 어떤 일이 일어 났을 때에는 학교로 찾아가서 일을 처리하겠다는 뜻이기도 했다.

"네. 알겠습니다."

그런 식으로 해서 여자애들을 잠깐 풀어서 끌어 모은 대학생들은 채팅에서 만난 영계들을 끌어 모으는 데 필요한 조직이었다.

대학생 조직에는 한동기를 팀장으로 만들었다.

한동기 밑으로 십여 명의 대학생들이 채팅에서 활동하면서 알게 된 여자애들을 끌어 모으기 시작했다. 그들이 끌어 모은 여자애들은 거의 영계들이었다. 그 나이 또래의 여자애들이 주로 많았다.

그리고 천식은 채팅방에 들어가서 주부들을 끌어 모으기 시작했다. 물론 여자애들도 채팅을 하면서 알게 된 주부들에게 언니라고 부르면서 아르바이트를 할 일자리가 있다고 해서 모으기 시작했다.

그런식으로 끌어 모은 주부들은 다시 한 사람씩을 끌어 들이는 데에 50만원이라는 수당을 지급하기로 했다. 그렇게 되니까 주부들은 더욱 열성적으로 나왔다.

각 구청별로 상당한 인원이 채워졌다.

30대의 주부중에서 가장 활발한 유혜경을 팀장으로 만들었다. 유혜경은 남편이 중소기업을 하는 사장임에도 불구하고 채팅에서 알게 된 보도방을 하는 희주를 통해서 조직으로 들어온 케이스였다.

종혁은 종혁대로 조직을 불리기에 안간힘을 썼다.

이미 차배수는 종혁으로부터 그러한 정보를 들었으므로 조직이 커져간다는 것에 대해서 반대를 할 이유가 없었다.

"좋아! 얼마든지 키워. 괜찮아."

차배수는 운향을 가까이 하면서 모든 일을 종혁에게 맡기다시피 했다. 종혁이 모든 조직을 장악하고 있었다.

이제 남은 것은 연예인을 끌어들이는 것이었다.

형민은 종혁과 천식이를 데리고 가수와 연예인을 관리하는 매니저들을 만나기 시작했다.

"자금 면으로 도움이 될 것 같으면 우리 하고 손잡는게 어때? 깨끗하게 처리를 해줄 테니까."

"어떤 식으로 말입니까?"

대개 매니저들은 연예인에 대한 막대한 홍보비와 관리비가 필요했다. 그래서 돈이 필요한 것인지도 몰랐다.

"그때 그때마다 굵직한 회장을 물때마다 대가가 틀리겠지만 최소한 천만원은 넘도록 하지. 그러면 됐나?"

"최소한의 선이라는 말입니까?"

"하하. 알아들었네. 그래. 그 정도 선이 기본이라고 생각하고 저쪽에서 원하는 액수를 봐서 조정하도록 하지. 아마 천만원 이상일 테니까."

"그럼 좋습니다. 만약에 일이 터지는 것은 형민씨께서 모든 걸 막아 줘야 합니다. 소문이 안 나도록 해달라는 겁니다."

"하하. 그건 어렵지 않지. 우리도 비밀이 우선이니까. 이건 비밀로 해야 하는 거니까. 안 그런가?"

"그럼 좋습니다. 형민씨를 못 믿는 게 아니라, 이것도 계약이니까 계약서를 쓰도록 하지요."

"좋아! 계약서를 쓰지."

형민은 그런 식으로 연예인 매니저와의 계약을 성사시켜 나갔다. 서울 시내에서 몇 명의 매니저만 꽉 잡게 되면 내로라 하는 연예인들을 다 잡을 수가 있었다.

그러한 작업은 은밀하게 진행시켜 나갔다. 매니저와의 계약은 다른 매니저들도 그러한 낌새를 모르도록 진행을 시켰다.

연예계에서는 그러한 소문이 곧 치명타를 줄 수 있기 때문에 매니저들도 쉬쉬하면서 계약을 한 셈이었다.

연예인 조직은 형민이 직접 맡기로 했다.

모든 거래의 비밀 유지를 위해서 자신이 직접 맡는 것이 좋다고 생각되었다.

형민은 각 구청별로 조직원 세 명씩을 내려보냈다. 차배수의 양해를 얻어 구청별로 조직원들을 내려보내면서 최고의 대우를 해준다는 약속을 해주었다. 그들에게 고급차 한 대씩을 사주고는 활동비로 매달 7백만원씩을 지급해 주겠다는 약속을 한 것이다.

그리고 천식을 통해 끌어 모은 주먹들은 보도방의 일을 하도록 했다. 각 구청별로 여덟 대의 새 차를 뽑아 주어서 어디서든 연락이 오면 금방 달려갈 수 있도록 체제를 갖추었다.

이제 조직은 거의 완성이 된 셈이었다.

천식의 밑에는 희찬이, 만수, 명준이 있었다. 교도소 동기들인 그들은 천식이가 직접 골라서 데리고 들어온 주먹 들이었다.

형민은 한동기를 만나고 있었다.

"커피 들어."

"네. 회장님."

동기는 형민 앞에서는 어린 동생에 불과했다. 형민이 직접 관리하는 대학생 그룹의 팀장이었다.

"돈 필요하냐?"

"아닙니다. 회장님."

"왜? 돈이 안 필요해?"

"네. 충분합니다."

동기는 형민의 조직으로 들어와서 돈만큼은 풍족하게 쓸 수 있었다. 밑에 있는 애들이 하룻밤에 꼬셔서 불러들이는 여자애들의 숫자에 따라 그만한 돈이 대가로 주어졌기 때문에 지금 그의 수중에는 순전히 팀을 이끄는 활동비 명목으로만 2천만원이란 돈이 든 통장을 갖고 있었다.

"일을 할 때는 빈틈없이 처리해라. 알겠냐?"

"네. 회장님. 그렇게 교육을 시키고 있습니다."

동기는 다른 대학에 있는 애들이라도 자신의 밑에 있는 애들에게는 절대로 비밀에 부칠 것과, 조직을 이탈할 경우에는 무력부의 그만한 보복이 뒤따를 것이라는 암시도 던져 주곤 했다.

동기 밑에 있는 대학생들은 인터넷 채팅에서는 날고 긴다는 놈들로만 팀웍이 짜여져 있었다. 하룻밤 채팅에서 최소한 대여섯 명의 여자애들을 꼬셔서 번개 섹스를 하고는 조직 안으로 끌어 들였다.

돈도 벌고 재미도 있다는 말에 여자애들은 서슴없이 뛰어들었다. 그러나 동기의 조직 위에 칠공공 보도방이라는 거대한 조직이 있는 줄은 아무도 몰랐다. 그런 것을 아는 애들이

라곤 남자애들 밖에 없었다.

남자애들에게는 윗선 조직에 대해서는 절대로 함구를 시켰다.

그것은 형민이 동기에게 내린 지시였다.

동기의 조직도 어느 새 순식간에 5백명에 육박하고 있었다.

"밑에 애들이 필요하냐? 조직은 어떻게 돼 가나?"

"네. 회장님. 그건 걱정 마십시오. 제가 학교에서 서클을 맡아 봤기 때문에 조직을 관리하는 건 문제 없습니다. 제 밑으로 비밀리에 홍보부와 관리부를 두고 있습니다. 그건 기본입니다."

"그래? 하하하. 역시 머리가 좋군! 됐어!"

형민은 안주머니에서 지갑을 꺼내 천만원 짜리 수표 한 장을 꺼내 동기에게 건네주었다.

"아. 됐습니다. 회장님. 저한테 돈이 있습니다."

"이건 내가 주는 거야. 받아."

형민이 내미는 수표에 동기는 어쩔 줄 몰라 하다가 형민의 재촉에 마지못해 받아들였다.

"고맙습니다. 회장님."

동기는 형민에게 고개를 숙여 보였다.

"그래. 어젯밤에는 열 다섯 명이 새로 들어왔다고?"

"네. 회장님."

동기는 머리를 숙였다.

"그래. 됐어! 걔들을 함부로 굴리지 마라. 여대생들이라면 사회에서는 그래도 최고로 배운 애들인데 학생 애들끼리 붙여놓으면 기껏 해 봐야 5만원밖에 못 받지만 나이 든 놈들한테 붙여 놓으면 최소한 15만원이다. 알았냐?"

"네. 회장님."

"대학생들한테는 붙이지 마라 그 대신에 연락이 오는 대로 신속하게 애들이나 실어 날라라."

"네. 회장님."

동기가 데리고 있는 여대생들이 가장 값나가는 여자애들이었다. 남자 손님 중에는 여대생들만 찾는 이들이 많았다. 대개 15만원이라고 불렀어도 값은 따지지 않았다.

그것이 바로 남자들의 속성이었다.

영계에다 대학생이라는 것만으로도 희소가치는 충분했다. 그래서 형민은 동기를 바로 밑의 직할대 조직으로 두고 있는 셈이었다.

이미 동기에게도 다이너스티를 한 대 뽑아주려다가 동기가 사양하기에 티뷰론을 한 대 뽑아준 것이었다.

"넌 앞으로 대학을 졸업하지 말고 계속 대학에 남아 있는 게 좋겠다."

"네? 왜요?"

"그냥 계속 휴학을 하면서 그대로 대학에 있는 것이 더 좋지. 대학을 졸업해 봐야 뭐 하겠나? 그냥 이 일을 계속 하는 것이 좋지."

"아. 그런 말씀이셨군요. 알겠습니다. 회장님."

"전국 대학생들을 다 엮어내란 말이지, 내 말은."

"알겠습니다!"

동기는 형민의 그러한 계획에 내심 혀를 내둘렀다. 대학생이란 신분이 인터넷 채팅에서 얼마나 좋은 위치인가를 새삼 느낄 수 있었다. 그리고 자신의 밑에 있는 동생들을 관리하기에도 대학생이란 신분이 더 좋을 듯했다.

"차는 더 필요하면 이야기해라 더 뽑아줄 테니까."

"됐습니다. 다섯 대로도 충분합니다."

이미 동기의 밑에는 자신의 차 외에도 다섯 대의 차가 움직이고 있었다.

각 구청의 보도방에서 연락이 오면 급히 여자애들을 차에 태워서 달려가야 했다. 여대생들은 이미 미성년자는 아니었지만 사회적으로 문제가 될 것을 우려해서 모텔에는 집어넣지 않고. 차안에서 직접 만나서 남자와 섹스를 하는 쪽으로 일을 처리했다.

그 동안에 여자애를 태워준 차는 남자의 차 근처에서 망을 봐 주면서 안전하게 일이 끝나도록 지켜주는 일만 하고선 일이 끝나고 나온 여자애를 태워서 번개같이 돌아오는 일만 주로 했다.

"앞으로 어려운 점이 있으면 직접 나한테 전화해. 급하면 천식이 형한테 전화해도 되고."

"네. 알겠습니다. 회장님."

"이번 여름엔 애들을 다 데리고 어디로 가서 합숙이나 해라. 그 경비는 내가 다 대줄 테니까."

"네. 고맙습니다."

동기는 그런 것까지 신경 써주는 형민의 머리에 감탄을 금치 못했다. 조직의 단합을 위해서는 여자애들에게 그러한 모임을 갖는 것도 좋을 듯했다.

형민을 만난 동기는 마치 형을 만난 것처럼 마음이 놓였다. 형민의 거대한 조직이 자신의 뒤에서 일을 봐주고 있다고 생각하면 무슨 일이든 못할 것이 없었다.

대학 생활을 하면서 이만한 돈을 거머쥐어 보기는 처음이었다.

자신의 조직에서만 하룻밤에 벌어들이는 액수가 수억원 대를 넘어가고 있었다. 그렇다면 형민의 조직 전체가 하룻밤에 벌어들이는 액수란 감히 상상조차 할 수 없는 숫자였다.

형민은 동기와 만나고 나서 천식을 불러냈다.

"응. 나다."

형민의 전화에 천식은 얼른 핸드폰을 귀에 바싹 갖다 댔다. 예전보다 더 깎듯해진 천식이었다.

"네. 회장님."

"이틀 후쯤에 각 구청장들과 직할대들을 다 불러모아라 장소는 호텔로 정하고."

"네? 갑자기 왜요? 무슨 일이 있습니까?"

천식이가 놀라면서 물었다.

"그 날 모임을 가질 필요가 있다고 생각해서 그런다. 조직이 너무 커서 일일이 다 간섭할 수도 없고 말이야. 그래서 모으는 거니깐… 별다른 문제가 있어서 그러는 거는 아니니깐."

"아. 네. 알았습니다. 그럼 어느 선까지 모으면 되겠습니까?"

천식이 말한 어느 선이란 보도방만 모으느냐, 아니면 보도방 바로 밑에 있는 애들까지 다 모으느냐는 질문이었다.

"일단 조직의 결속을 위해서 모으는 거니깐 무력부는 전체가 다 참석하도록 하고, 무력부만 해도 120명이 되니까 각 구청장과 그 밑에 있는 남자애들, 그리고 주부조직 유혜경, 대학생 조직은 한동기만 참석하라고 그래. 그 정도만 해도 약 삼백명은 될 거니까. 그 정도 모일만한 장소가 있나?"

형민의 말뜻은, 그 정도 인원이 모여서 비밀리에 회의를 한다고 하면 그만한 보안이 유지 될 장소가 있느냐는 말이었다.

"회장님. 그만한 인원이 모이려면 호텔에서는 힘들 것 같은데요. 보안이 되려면 힘들 것 같아서……."

"그렇겠지? 호텔 측에서 묘한 시선으로 보겠지?"

형민도 그런 생각을 하지 않은 건 아니었다. 호텔에서 그런 회의를 할 성질의 것이 아니라는 것을 알고 있었지만 단합을 강조하는 모임에서 으리으리한 호텔 정도는 돼야 할 거라고만 생각하고 있었다.

그것도 최고의 호텔을 전세 내서 외부인과는 완전히 차단한 채, 조직원들끼리만의 회합을 만들고 싶었다.

지금은 각 구청별로 움직이고 있어서 조직과 조직간의 움직임을 형민이와 천식이 둘이서 장악하기에는 힘에 부칠 정도였다.

그래서 거대한 조직의 모임을 통해서 각 부서별로 자기의 할 일을 알아서 할 수 있도록 연결 고리를 만들어줘야 할 필요성을 느꼈다.

"회장님. 그러면 굳이 시내 한복판의 호텔보다는 시외로 하는 게 어떻습니까? 시내가 아니라면 비밀이 새나갈 염려는 없을 것 같은데요…….”

"시내는 안 되나? 호텔이 좋긴 한데 말이야.”

"그건 좀 힘들 거 같습니다. 만약 경찰이 눈치를 챌 염려도 있고, 호텔 측에서도 이상하게 볼 염려가 있을 것 같습니다.”

"그래?”

형민의 생각으로는 시내 최고급 호텔을 아예 전세를 낸 다고 하더라도 외부인이 일절 출입을 못하도록 차단을 시켜달라는 주문을 호텔 측에다 해서 화려한 모임을 갖고 싶었다.

"그건 위험합니다 그럴 바엔 차라리 구청장들과 조직의 보스들을 교외로 불러서 모임을 갖는 게 나을 겁니다."

"그럼 어디로 하면 좋겠나? 그만한 장소가 있나?"

"그건 보안이 필요한 문제라서 나중에 종혁이하고 연락해봐서 장소를 물색하겠습니다."

"그래. 좋아! 곧 연락해라"

"네. 회장님."

형민은 일단 천식과 종혁에게 그런 모임을 할 만한 장소를 알아보라고 지시하고 차를 몰고 물왕리 저수지로 갔다.

가끔 생각할 일이 있을 때마다 그는 서울 시내를 벗어 나서 물왕리 저수지로 가서 머리를 식히곤 했다.

서부간선도로를 따라 달리다가 목감 인터체인지에서 빠져 나와서 시흥 쪽으로 조금만 가면 한적한 곳에 저수지가 있었다. 저수지 옆으로는 그림 같은 카페 촌들이 있었지만 그 안으로 들어가서 커피 한 잔만 마시고 나와서는 차안에서 저수지를 내려다보고 있었다.

이제 모든 조직이 제대로 돌아가고 있는 중이었다.

지금까지 조직을 키우기 위해서 그는 두 번이나 칼을 빼 들었고. 차배수의 조직이 들어온 뒤로부터는 자신이 직접 칼을 빼들 필요는 없어진 것이다. 이미 차배수의 조직은 120명에 가까운 조직원들로 꽉 차 있었다.

그 정도의 조직력이라면 지금 당장이라도 지방의 대도시에

까지 조직을 확대시켜도 되었겠지만 형민은 지금 조직을 더욱 단단하게 결속시켜 놓아야 마음이 놓일 것만 같았다.

지방의 대도시야 언제든지 마음만 먹으면 치고서 내려 갈 수가 있는 일이었다. 그러나 아직은 서울만이라도 완전하게 장악해 놓고 나서 생각해볼 일이었다.

저물어 가는 저수지는 한량하기 그지없었다.

저수지 옆의 그림 같은 카페에서는 화려한 네온의 불빛이 저수지를 온통 물들이기 시작하고 있었다.

형민은 의자를 뒤로 젖힌 채로 잠이 들었다가 핸드폰 소리에 잠을 깼다.

"응. 누구냐?"

"네. 회장님. 천식입니다."

"그래. 왜?"

"종혁이한테 말을 했더니 그런 대규모 행사를 시내에서 한다는 것은 겁난다는 말입니다."

"응."

형민은 그럴 거라고 미리 생각하고 있었다.

"그래서 장흥으로 하면 어떻겠느냐고 그러는데…"

"장흥? 거긴 유원지 아냐?"

"장흥에서 일영 쪽으로 고개를 넘어가면 산장가든이 있습니다. 그곳이 좋을 거라고 말하는데요."

"거기는 장소가 되냐?"

"장소로는 끝내준다는 곳입니다. 계곡에서 끝 부분에 있어서 삼백명 가량이 모여도 좋을 곳이랍니다. 그쪽으로 했으면 어떻겠습니까?"

"그럼 좋아! 넌 그 날 모임에 오는 조직원들에게 줄 돈으로 5백만원씩을 담아둬라. 그리고 보스들에겐 따로 천만원씩 봉투에 담아둬라. 그건 내가 주는 거니까."

"네. 알겠습니다. 그럼 그쪽으로 정하겠습니다."

"그래. 무력부는 차가 열 대밖에 없으니까 나머지는 택시를 타고 오라고 그래."

"네. 알겠습니다."

천식은 곧 전화를 끊었다.

형민은 다시 의자 뒤로 누웠지만 잠이 오지 않았다. 담배를 꺼내 불을 붙이고선 저수지 바깥으로 나왔다.

군데군데 연인들의 차가 서 있는 것이 보였다.

조용하고 어두운 그곳은 카섹스를 하기 좋은 곳이었다.

형민이 가끔 그곳에 들렀을 때, 옆에 서 있는 차가 흔들리면서 카섹스를 하고 있는 모습도 본 적이 있었다. 대개 그런 곳에 오는 차들은 연인과 같이 왔다가 저수지의 그런 분위기에 젖어서 카섹스를 하는 차들이 많았다.

"…"

형민은 차안에서 카섹스를 하는 연인들이란 요즘 같이 어려운 시기에 성욕을 해소시킬 수 있는 좋은 방법일 거라고 생각했다.

저번에 저수지에 들렀다가 옆에 서 있는 차에서 카섹스를 하고 있는 연인들의 차에 접근해서 문을 열고서 돈을 요구하는 놈을 본 적이 있었다.

그 놈은 한창 카섹스에 열중하고 있는 연인들의 차로 접근해서는 주위의 동정을 살피고 있었다. 차의 주위로 조심스럽게 다가간 그 그림자가 차 바로 옆에 찰싹 붙어 서서 안쪽을 보다가 슬쩍 문의 손잡이를 잡아당겨서 열고는 칼을 들이대는 것을 보고는 그 놈이 눈치를 채지 못하게 조용히 차에서 내렸다.

차안에서 섹스를 하던 제법 나이가 든 두 남녀는 갑자기 당한 일에 놀라 벌벌 떨고 있었다. 여자는 옷으로 겨우 가린 체 갑자기 칼을 들이민 사내를 쳐다보고 있었다.

"돈 내놔! 좋은 말 할 때, 다 내놓지."

사내는 언제 준비를 했는지 마스크를 하고 있었다. 벌거 벗은 남자는 옆구리에 칼을 들이댄 검은 사내의 말에 꼼짝도 하지 못하고 있었다.

그때, 형민이 사내의 뒤로 다가가서 목덜미께로 발길질로 날려버렸다.

"억!"

사내는 차안으로 쓰러졌고, 형민은 사내의 두 팔을 뒤로 엮어 한 손으로 거머쥐었다. 그리고는 오른 주먹으로 사내의 허리를 세게 질러 버렸다.

"흑!"

사내는 그대로 풀썩 엎드러졌다.

"너! 이런 데서 돈 뺏는 놈이냐?"

형민은 차안에서 벌거벗은 채로 덜덜 떨고 있는 그 남녀를 바라보았다. 그들은 여전히 떨고 있을 뿐이었다. 여자는 앞을 가린 채로 뒷자리에서 형민을 쳐다보고만 있었다.

"일어나!"

형민은 날개쭉지 뒤로 손목을 꺾어 쥔 채로 사내를 끌어 냈다.

"살려주십시오. 잘못했습니다."

사내는 고통스런 비명소리를 내지르면서 형민을 쳐다보았다.

형민의 주먹이 사내의 얼굴에 가서 맞았다.

사내는 곧 코피가 터졌다.

그제서야 형민은 꺾었던 팔을 풀어주었다.

"꿇어!"

"네. 형님!"

사내는 땅바닥에 무릎을 꿇고선 이번엔 머리조차 들지 못했다.

"여기서 이런 일 하냐?"

"아닙니다. 그냥 장난삼아…."

퍽!.

형민의 구둣발이 사내의 가슴을 걷어찼다. 사내는 금방 뒤로 넘어졌다. 정통으로 명치를 맞았는지 사내는 숨쉬기가 괴로운 듯이 땅바닥에 나뒹굴었다.

급소를 맞은 듯했다.

사내가 괴롭게 나딩구는 모습을 지켜보고 있던 형민은 사내가 다시 무릎을 꿇을 때까지 기다렸다.

사내는 곧 숨을 쉬기 시작하면서 다시 무릎을 꿇었다.

"살려주십시오. 잘못했습니다."

사내는 이젠 형민을 알아본 듯했다. 땅바닥에 두 손을 엎던 채로 싹싹 빌고 있었다.

"앞으로 이런 짓 하지 마라. 이런 데서 이런 짓을 하는 년놈들이면 돈이 얼마나 있겠냐? 그런 놈들 차에 칼을 들이대고 돈을 뺏어?"

"네. 형님. 잘못했습니다."

사내는 아예 땅바닥에다 납작 엎드린 채였다.

"일어나."

"네. 형님."

사내는 가슴이 아픈지 겨우 일어났다.

"따라와"

"네. 형님."

사내는 형민의 차로 따라갔다. 운전석에 앉은 형민은 담배

를 꺼내 물고선 불을 붙였다. 그리곤 사내에게도 담배 한 개
피를 권했다. 사내는 부들부들 떨리는 손으로 형민이 건넨 담
배를 집어들었다. 형민이 불을 붙여주자 사내는 조심스럽게
연기를 빨아들였다.

"너, 여기서 얼마나 해먹었냐? 솔직하게 말해 봐라."

"네. 솔직하게 말씀드리자면… 하루에 일이백은 해먹었습
니다."

"그래? 돈 많은 차들만 골라서 했나? 여기서만 일을 하
냐?"

"아닙니다. 여기에 차들이 별로 없으면, 안양 백운호수까지
뜁니다. 여기서 가까우니까 차로 가면 금방입니다.,,'

"그래? 두 군데서 그만큼 버나?"

"안양 삼막사도 내 구역입니다. 거기도 저녁엔 차들이 좀
있습니다."

형민도 놀랐다.

저수지 옆에 차를 세워놓고 카섹스를 하는 차들을 덮쳐 빼
앗은 돈이 그 정도라는 말에 약간 놀란 것이다.

"그래?"

"네. 형님. 미안합니다."

"나한테 미안할 건 없고. 남자 새끼가 그게 뭐냐? 남이 한
창 그거 하는데 덮쳐서 칼을 들이대고 돈을 뺏는 게 할 짓이
냐? 안 그러냐? 그러면 남자나 여자는 어떻게 되겠냐? 그거

하다 말고 놀라겠지.”

“미. 미안합니다”

사내가 더듬거렸다.

“너 이런 일에는 빠꼼이구나?”

“네. 형님. 그런 셈입니다. 차만 보면 금방 알 수 있을 정돕니다….”

“하하. 그래? 그거 좀 이야기해 봐라. 그런 거 어떻게 알아내나?”

“그냥… 차가 서 있는 거 보고서 뒤쪽으로 지나가다 보면 아무리 선팅을 짙게 해놔도 앞 유리창엔 선팅이 안 돼 있어서 뒤쪽 유리를 통해서 보면 앞쪽 유리가 보입니다.”

“응. 그래.”

“그러면 남자가 어떤 자세인지 금방 알 수 있습니다. 여자 위에 엎드려 있는지, 그냥 앉아 있는지 알 수 있습니다. 그리고 차가 흔들리는 것만 봐도 알 수 있지만, 남자가 어떤 자세로 하고 있는지 알 수가 없으니까…….”

“흠….”

“그래서 일단 남자가 엎드려 있는지, 남자가 무릎을 꿇고서 하면서 바깥을 보고 있는지부터 알아냅니다.”

“그래? 하하하. 그거 재밌군. 그래서 어떻게 하나?”

형민도 이야기가 재미있었다.

“남자가 한창 그거에 열중하고 있을 때는 바깥에 사람이 있는지 없는지도 모르는 경우가 많습니다."

"응."

"남자가 정신 없이 하고 있을 때에 차로 슬쩍 접근해서 문 손잡이를 잡아보면 문이 안으로 잠겼는지 안 잠겼는지 금방 압니다."

"그래?"

"네. 그리고 나서 마스크를 하고 문을 엽니다."

"칼은?"

"문을 열 때에 미리 칼을 들고 말입니다."

"안에서 혹시 가스총이나 칼 같은 걸 갖고 있는 놈은 없나?"

"그런 거 없습니다. 만약 갖고 있다고 해도 게임이 안 됩니다. 한창 일을 하고 있을 때니까…."

"그럼 그걸 꺼낼 시간적인 여유도 없다는 말이지?"

"네."

"그런 식으로 돈을 빼앗나?"

"네."

"그럼 여자는? 여자는 그냥 두나?"

"여자는 절대로 안 건드립니다. 건드릴 시간적인 여유도 없고요."

"그렇겠지. 돈만 뺏으면 되니까."

"네."

"여자들이 놀라서 옷도 못 입고 있을 텐데… 그런 거는 많이 봤겠네?"

형민이 웃으면서 그런 질문을 하자, 사내는 약간 쑥스러운 듯이 형민을 쳐다보았다.

"솔직하게 말해 봐."

"네. 여자가 아랫도리를 발가벗고 있는 거는 많이 봤습니다."

"그럼 기분이 좋았겠다."

"…."

사내는 말이 없었다. 이미 형민의 말투에서 조직폭력배의 냄새를 맡았는지 다소 기가 죽어 있었다.

"그럼 남자하고 여자가 처음 일을 시작할 때에 덮치나? 맨 끝에 일이 끝날 때쯤 해서 덮치나?"

형민은 그 질문을 하면서 우습다는 생각이 들었다. 돈을 뺏기 위해 차를 덮치는 놈이 처음과 나중을 생각할 겨를도 없을 테지만 그런 질문을 던지고 있었다.

"그건… 나중엔 생각할 틈도 없습니다."

"왜?"

"시작했다 하면 금방 끝나 버리는 차들이 있어서요."

"금방 끝나? 그렇게 빨리?"

형민은 이 사내를 붙들고서 이야기를 듣는 것만으로도 기분이 좋았다. 속칭 다람쥐라고도 할 수 있는 카섹족들의 차치기를 현장에서 붙잡아서 차치기의 이야기를 얻어듣는 것도 일종의 카섹에 대한 정보랄 수 있었다.

"네. 일찍 끝나는 놈은 사정없이 일찍 끝나 버립니다. 불과 몇 초만에 끝내 버리는 놈들도 있으니까요."

"하하 그렇게 빨리 끝나나? 그거 직접 봤어?"

"네. 형님. 그런 거 자주 봅니다 그래서 내가 한 발 늦어서 일을 해치우지 못한 경우도 있습니다."

"왜? 일이 끝나면 안 되나? 그냥 칼만 쑥 들이밀면 되지 뭘 그래? 칼 앞에서 누가 겁이 안 나겠냐?"

"그건 그렇지 않습니다. 형님."

"왜?"

"일찍 끝나 버린 놈은 속으로 화가 나 있을 때니까 그럴 때에 칼을 들이대면 쥐가 코너에 몰린 것처럼 대드는 경우도 있습니다."

"아, 그래?"

"그래서 일이 끝나 버리면 허탕을 쳤다고 생각하고 그냥 다른 차나 덮치는 게 낫습니다."

"그렇겠네. 근데 그렇게 빨리 끝나는 놈은 뭐야? 왜 그래?"

"원래 빠른 놈들이 있습니다. 차안에서 여자 옷 벗길 때에 미리 흥분해서… 옷을 다 벗기고 나면 지가 먼저 흥분을 해서 일찍 사정해 버리는 놈이 있습니다."

"핫하. 되게 빠른 놈이군. 넌 그쪽으로는 도사겠다?"

"아, 아닙니다. 그런 걸 많이 봤지요."

"그럼 오래 하는 놈은?"

"대개 나이가 든 놈들이 10분 정도… 15분도 하는 놈들도 있습니다만…"

"그래? 그 시간에 계속 차가 흔들릴 거 아냐? 그것만 봐도 알 수 있겠네?"

"네. 차가 흔들리는 것만 봐도 되는데… 어떨 때는 직접 유리창으로 안을 들여다보는 것이…"

"왜? 그래야 기분이 좋아지나?"

"그런 것도 있지만… 남자가 얼마나 깊이 빠져 있는가를 알기 위해서는… 안을 직접 보고 있는 것이 낫습니다."

"그래? 그러면 넌 생 비디오를 보는 거네?"

"네. 형님…."

"그럴 때, 기분이 어때? 남자하고 여자가 맞붙어서 그거 하고 있는 거 보면."

"솔직히 말씀드려서 기분은 좋습니다. 남자하고 여자가 하는 체위를 다 보게 되니까요."

"그렇겠다. 그런 구경거리는 없겠지."

"네. 형님. 남자가 앞좌석 조수석에서 하는 거 하고, 뒷자리에서 여자를 눕혀 놓고서 하는 거 하고. 여자가 어떤 때는 남자 위에서 할 때도 있습니다."

"핫하. 그럼 재미 있었겠군."

"네. 특히 여자가 위에서 할 때는 남자는 누워 있어서 바깥을 볼 시간이 없습니다. 그래서 더 안전하고요."

"그때 문을 열고서 칼을 내민다는 거지? 그러면 여자가 기절하겠네?"

"네."

사내는 그제서야 형민을 보며 웃었다.

"그럼 어디에다 칼을 겨누는 거지? 여자한테 겨누나?"

"일단 여자가 남자 위에 엎드리게 하고선 아무 곳에나 칼을 대는 시늉만 하는 거지요. 칼만 보여주면 여자는 납작 엎드리니까요."

"핫하. 그렇겠지. 그러면 여자가 납작 엎드려 있는 꼴을 보고 있으면 좋겠다. 다리는 벌리고 있을 테고."

"네. 그럼 셈이죠. 남자는 여자가 위에 납작 엎드려 있으니까 꼼짝도 못합니다."

"그렇지. 그런 자세가 더 좋네? 남자가 꼼짝도 못하는 자세니까."

"네. 맞습니다. 그러면 여자는 벌벌 떨면서 엎드려 있고, 남자 새끼는 여자가 떠는 것을 보고서 벗어 논 바지에서 지갑을 꺼내주는 거지요."

"대개 얼마나 들어 있냐? 많냐?"

"보통 2,30만원은 들어 있을 경우가 많습니다. 여자 것도 빼앗으면 더 많고요."

"여자 것도 빼앗나?"

"네. 할 수 없는 거지요. 이왕 칼을 들이댄 이상 남자거, 여자거 다 빼앗습니다. 죄송합니다."

사내는 형민에게 죄송하다면서 머리를 조아렸다.

"나한테 뭐 미안할 거까진 없지. 그런 일을 하면서 살아 가는 자네 처지가 안 돼 보여서 그렇지. 결혼은 했나?"

"아직…."

사내는 뒷머리를 긁적거렸다.

"야, 임마. 그러면 똑바로 살아야지. 그렇게 돈을 벌어서 뭣에 쓰냐? 그 동안 돈 벌은 거 어디다 썼나?"

이제는 형민이 훈계조로 나갔다.

"전에 카드 빚 진 거도 있고 해서… 먹고사는 데도 아직은 바쁩니다. 아직 빚도 다 못 갚았습니다."

"그래? 전에 무슨 일을 했는데?"

"그냥 건달처럼 살다가 돈이나 벌어볼까 하고 밤에 포장마차도 해봤다가… 포장마차 하나 만드는데 2백만원 가까이 들었습니다. 그런데 장사가 안 돼서 그것도 걷어치우고… 괜히 빚만 늘어서… 죄송합니다."

사내는 다시 머리를 숙이면서 미안하다는 듯이 나왔다.

"그래. 임마. 그렇다고 차안에서 섹스하는 놈들을 골라서 칼을 들이미냐? 차안에서 한참 재미를 보고 있는 년놈들에게 칼을 밀어 봤자 얼마나 있겠냐? 떼돈을 들고 나와서 차안에서 카섹스나 할 것 같냐? 안 그래?"

"…"

사내는 머리를 수그린 채로 듣고만 있었다.

"기껏 해봐야 2,30만원 아냐? 그러다가 한 번 잡히면 넌 칼을 들었으니 강도야 강도 알지?"

"……네"

"절도범도 칼만 들면 강도범이야 너 징역 갔다 왔냐?"

"네. 옛날에 한 번……."

"뭘로 갔다 왔냐?"

"폭력으로… 한 번 갔다 왔습니다."

"그럼 너도 알잖냐? 칼만 들면 강도가 되는 거 알지? 칼만 안 들면 단순 절도지만."

"네. 압니다."

"근데 배가 고파서 강도질을 하냐?"

"…"

"너."

형민이 딱하다는 듯이 사내를 노려보았다.

"네."

사내는 형민으로부터 주먹이라도 날아올까 싶었는지 겁을 집어먹은 얼굴로 쳐다보았다.

"이런 일 계속하다간 콩밥 먹어. 콩밥 먹고 싶냐?"

"아닙니다. 형님"

"혼자 사냐?"

"공장에 나가는 여동생하고 같이 있습니다."

"여동생?"

"네. 지난 해 여고를 졸업한 여동생이랑 있습니다"

"여동생 월급으로는 못 사냐?"

"네. 힘듭니다."

"그래?"

형민은 그 말을 던져놓고 잠시 생각하는 듯했다

"그럼 너 일자리 하나 만들어 줄까?"

"네?"

사내가 놀라 형민을 쳐다보았다.

"어때? 건달 세계에서 한 번 놀고 싶냐? 전에 폭력전과도 있다면서?"

"그건……."

사내는 머뭇거렸다. 옛날의 폭력전과라고 해 봐야 술집에서 술 마시다가 우연히 다툼이 일어나서 주먹을 날렸다가 쇠고랑을 찬 것일 뿐이었다. 대단한 주먹을 휘둘러서 징역을 살다 나온 것도 아니었다. 단지 합의를 보지 못해 일년쯤 감방 안에서 썩다가 나온 것뿐이었다.

"괜찮아. 내가 보기엔 넌 아직 주먹잽이도 못 돼. 그냥 길거리에서 주먹 한 번 휘둘렀다가 징역 갔다 나온 것 같은데… 일자리 하나 있으면 할 생각 있어?"

그 말을 하면서 형민은 천식의 밑에다 집어넣어서 보도방의 일을 하게 만들 생각이었다. 어차피 이런 곳에서 카섹스족이나 터는 강도라면 보도방의 일을 시키면 잘할 것 같다는 생각이 들었다.

"어떤 일인지…."

사내는 호기심을 나타내는 듯했다.

"모텔에다 여자 갖다 바치는 일이다. 됐냐?"

형민이 웃었다. 그동안 이 사내놈을 유심히 살펴봤지만 나중에 배신을 때릴 정도의 간덩이는 아닌 것 같았다.

"아. 그럼 보도방 일을 말씀하시는군요."

"너, 보도방 아냐?"

"네. 감방 안에서 이야기는 들어봤죠. 모텔에다 여자들을 갖다 대주는 일이라는 거……."

"하하. 그런 일 어때? 너, 운전은 잘 하냐?"

형민이 슬쩍 물어보았다.

"네. 운전은 잘 합니다."

"그럼 나중에 이쪽으로 연락이나 해 봐라. 이런 데서 그런 짓이나 하지말고… 필요하면 연락해."

형민은 천식의 명함 한 장을 꺼내 주었다.

"네. 형님."

형민은 사내의 이름조차 알지 못했다. 그건 알 필요가 없었다. 이런 데서 만난 사내에게 함부로 자신을 드러낸다는 것

자체를 싫어했다.

"그래. 나가 봐라. 이제 다시는 이런 데서 그런 짓 하지 마라."

"네. 알겠습니다. 형님."

사내는 차 밖에서 공손하게 절을 하고는 사라졌다.

"…."

형민은 다시 저수지 쪽을 바라보았다.

적막한 저수지였다. 저수지 건너편의 찻길에는 차들이 지나다니는 불빛들이 보였다.

그는 오랜만의 휴식을 가진 듯했다.

의자를 세우고는 헤드라이트를 켰다.

옆 차에서 남자가 나와 차로 다가왔다. 형민은 유리창문을 내렸다.

"아까는 정말 고마웠습니다."

40대 초반의 남자는 일부러 인사를 하기 위해 이때까지 기다린 듯했다.

"하하. 네. 여긴 좀 위험한 곳입니다. 앞으로 조심하십시오."

"네. 아까는 얼마나 황당했던지…."

"그럼 됐습니다."

형민이 유리창을 닫으려고 하자.

"제 애인도 고맙다고 전해 드리라고 해서…."

"하하. 네. 알겠습니다."

40대의 남자는 차 밖에서 연신 고개를 숙여 보였다.

형민은 알았다는 듯이 손을 들어올렸다가 유리창을 닫았다.

그 얼마 후.

돈을 털던 사내는 천식한데로 전화를 걸어 형민을 찾았다. 그의 이름은 김병오였다.

미리 형민으로부터 이야기를 들었던 천식은 형민을 만나게 하지는 않았다.

봉천동으로 찾아오라고 해서 천식이가 직접 만났다.

천식은 병오라는 사내에 대해서 몇 가지를 물어보고 난 후에 형민이 말한 대로 조직에 해를 끼칠 놈이 아니라는 걸 알고 나서 자신의 밑에서 일해볼 생각이 있느냐고 물어 보았다.

"네. 시켜만 주신다면 뭐든지 하겠습니다."

병오는 천식에게 머리를 조아렸다.

"그럼 좋다. 오늘부터 내 밑에서 일한다. 일단은 여자애들을 실어 나르는 일이니까 운전대부터 잡아라."

"네. 형님."

그렇게 해서 병오는 천식의 밑으로 들어가서 일을 하게 되었던 것이다.

형민은 저수지를 빠져나와 다시 목감 인터체인지로 차를 올렸다. 밤이 제법 깊어 있었다. 고속도로를 따라 쭉 달리다가 서부간선도로를 타고 서울 시내로 진입한 뒤 다시 남부순환도로를 따라 달리기 시작했다.

다음날.

형민은 모 기업체 회장이라는 사람으로부터 낯선 전화를 받았다.

"네. 천형민입니다."

"아, 그렇습니까? 누가 이쪽으로 전화를 해 보라고 그래서…."

기업체 회장이라는 50대 남자는 더듬거리며 나왔다

"어떤 일로?"

형민은 약간 긴장하면서 물었다.

"친구 중에 하나가 이 쪽으로 연락하면 연결이 될 거라고 해서…."

"아, 네. 어떤 연예인을 찾으십니까?"

형민은 순간적으로 그 남자가 어떤 일로 전화를 걸어왔는지 금방 알아차릴 수 있었다.

"네에, 맞군요. 아무 연예인이나 다 고를 수 있습니까? 아니면… 그쪽에서 연결해 주는 여자만 만날 수 있습니까?"

남자는 조심스럽게 물어왔다.

"저희가 쉽게 데려올 수 있는 여자는 간단하지만, 선생님께서 찾으시는 연예인이 아닐 때에는 교섭할 시간이 좀 필요합니다."

"네. 그렇습니까? 그러면 그쪽에서 쉽게 연결해줄 수 있는 연예인은 누굽니까?"

형민은 그 남자에게 누구를 통해서 전화번호를 알았느냐는 질문 따윈 하지 않았다. 연예인을 찾는 사장들이라면 이미 알음알음으로 해서 전화번호를 알아내서 연락을 해 오고 있다는 것을 알고 있었다.

"저어… 탤런트 유효리양을 만나게 해줄 수 있으신지……."

"아, 유효리요? 그럼요. 언제쯤이면 됩니까?"

"아. 됩니까?"

"일단 교섭할 시간은 주셔야 합니다. 그리고 금액도 제시해 주셔야 합니다만."

"아. 네. 그 정도 탤런트라면 얼마나 될까요?"

50대의 남자는 액수를 타진해 왔다. 형민은 유효리라는 인기 탤런트가 어느 매니저의 밑에 있는지도 알지 못했다. 일단 매니저와 모르는 상태에서는 교섭하기가 어려운 점도 있었다. 그러나 금액만 높아진다면 안 될 일은 없다고 생각했다.

"아마 한 오천쯤 생각하셔야 될 것 같습니다."

"오천요?"

"네."

형민은 딱 잘라 말했다.

"알겠습니다. 그럼 3일 후에 되겠습니까?"

"알겠습니다. 그럼 선생님의 연락처를 좀⋯⋯."

형민은 일부러 선생님이란 호칭을 썼다. 대개 탤런트나 어린 가수를 품에 안으려는 남자들은 거의가 사업가들이기 때문에 회장님이나 사장님이란 호칭을 쓰게 되면 마치 상대방의 신분을 다 알고 있기라도 한 듯한 인상을 주기 때문에 선생님이란 호칭을 사용하고 있었다.

또 이런 일은 극비리에 진행시켜 나가야 했다. 그래서 상대방의 연락처만 받고서 일단 다시 전화를 걸어 상대방이 확실한지를 확인하고 난 뒤에,

"네. 알겠습니다. 저희 회사는 선생님에 관한 모든것을 지켜 드립니다. 안심하셔도 됩니다. 내일쯤에 확실한 연락을 드리겠습니다."

이런 말까지 덧붙였다.

형민은 곧바로 무력부의 종혁에게 전화를 걸었다.

"응. 나다."

"네. 회장님. 어쩐 일이십니까?"

종혁의 목소리는 완전히 달라져 있었다. 옛날의 종혁이 아닌 듯했다.

굵직한 목소리의 패기가 있는 그런 목소리였다.

"한 건 또 터졌다. 준비해라. 내가 매니저를 알아 놀 테니까 전화하면 금방 달려와라."

"네. 회장님. 알겠습니다. 배수 형님도 여기 같이 있습니

다."

"그래? 그럼 좀 바꿔라."

형민은 배수 형님이 옆에 있다는 것을 말함으로써 천형민 회장과 차배수와의 밀접한 관계를 만들어주는 역할을 했다.

"아. 회장님. 차배숩니다. 또 한 건 터졌다고요?"

"하하. 그래. 이번은 오천 짜리다. 유효리라는 탤런트니까 매니저를 알아내면 곧바로 연락하지."

"네. 그러십시오."

차배수도 어느덧 천형민에게 깍듯이 회장님이란 소리를 했다. 그만큼 조직이 커졌다는 의미이기도 했다. 큰 조직을 거느린 형민의 직할대인 차배수의 무력부만 해도 120명이 넘어서고 있었다.

종혁이 모든 일을 알아서 처리하고 있었지만 칠공공 보도방에서 무력부의 위세는 조직의 핵심이랄 수 있었다.

연예인에 관한 일은 형민이 직접 챙겼다.

곧바로 감득수 매니저에게 전화를 걸었다.

"나. 천형민이오. 잘 계시오?"

"아, 형님. 형님께서 오늘 웬일로 전화를 거셨습니까?"

감득수는 매니지먼트 회사를 운영하는 사장이었다. 이미 여러 번의 거래를 통해서 형민과는 형님 아우로 통하는 사이였다.

"유효리 매니저가 누구지?"

"유효리요? 유효리를 찾습니까?"

"그래. 오천에 합의 봤다. 누구냐?"

"방응봉 매니저라고 혹시 들어보셨습니까?"

"못 들어봤는데."

"하하. 형님도. 저하고는 친한 매니저 입니다. 꽤 유명한 매니저입니다."

"그래? 그럼 일단 선을 깔아 봐. 얼마인지 알지?"

"3천요?"

감득수는 이미 형민이가 오천을 제시했다면 형민이 뜯어먹는 액수를 제외시킨 금액이 얼마라는 것을 대충 짐작 하고 있었다.

"하하. 그래. 그 정도에서 합의를 봐. 지금 곧 연락을 해 줘라. 계약서를 쓰러 갈 테니까."

"네. 알겠습니다 형님 금방 연락드리죠."

잠시 뒤에 감득수로부터 연락이 왔다.

"형님 박 매니저가 그 액수엔 곤란하다는데요."

"뭐? 그게 맘에 안 든다고?"

"유효리라면 몸값이 만만치 않습니다. 요즘 한창 뜨는 애라서…."

"그래서?"

형민의 대답은 간단했다.

"아. 그게 저…."

감득수는 형민의 성격이 어떻다는 걸 알고 있었다. 여차 하면 무력부를 데리고 가서 박용봉 매니저를 만나 담판을 지을 기세로 나왔다. 감득수는 어느 정도 형민의 조직이 어떻게 나올지를 알고 있었다.

연예인을 다루는 형민의 방법은 간단했다.

매니저를 만나 긴 말이 필요 없다는 식으로 위협적으로 나갔다. 만일 그 액수에 못 맞추면 밤길에 뒤통수를 조심하라는 투로 나갔다. 그러면 매니저들은 꼼짝없이 형민의 말을 듣도록 돼 있었다.

매니저뿐만 아니라. 연예인까지도 손을 댈 것이라는 위협을 가하기도 했다.

그렇게 되면 매니저 측으로서는 몇 억원대의 투자비를 댄 연예인을 잃게 되는 위험 부담이 있었다.

매니저란 연예인에게 수억원대의 투자를 한 다음에 그 연예인이 뜨고 나면 CF나 출연 교섭에서 투자한 몸값을 회수하고도 남는 장사를 하는 장사꾼이었다. 그랬으므로 홍보비로 수억원대의 돈을 투자한 연예인은 매니저의 말을 듣지 않을 수 없었다.

"왜? 안 된다는 거야?"

형민이 점잖게 물었다.

"아닙니다 액수가 좀 그렇다는 겁니다."

감득수는 이럴 때마다 진땀이 났다. 형민이 들이닥치면 박응봉 매니저도 쩔쩔 맬 것임이 분명했기 때문에 중간에서 협상을 맡은 자신이 곤란할 때가 있었다.

그러나 감득수로서도 형민의 거대한 조직이 자신의 뒤를 봐준다는 것 때문에 형민의 청을 받아들일 수밖에 없는 실정이었다.

"그냥 밀어 부쳐. 전화번호나 대 봐."

형민이 그냥 밀어 부치라고 해 놓고선 박응봉 매니저의 전화번호를 대라고 한 건 순전한 엄포일 뿐이었다.

"알았습니다. 형님. 다시 한 번 이야기를 해 보고 나서 전화 드리겠습니다."

"그래. 잘 생각해 보라고 그래."

형민은 전화를 끊었다. 그렇게 나오면 십중팔구 이쪽에서 제시한 액수에 끌려올 것은 당연했다.

잠시 뒤에 감득수로부터 전화가 걸려왔다.

"형님. 됐습니다. 한 번 가 보십시오."

"핫하. 수고했어. 담에 너한테 인사치레나 하지."

"아이구, 형님도. 그런 건 됐습니다. 지금 사무실로 찾아갈 겁니까?"

"그래. 쇠뿔도 단김에 빼라고 했잖아. 지금 가지."

형민은 종혁에게 전화를 해서 박응봉 매니저의 사무실로 나오라고 그랬다. 그리고는 곧 여의도에 있는 박응봉의 사무실로 출발했다.

여의도에서 만난 종혁은 형민에게 인사를 했다. 종혁이 데리고 나온 애들도 허리를 90도 각도로 굽혀 회장에 대한 예를 표했다.

"형님, 어딥니까?"

"이 건물인 것 같다. 올라가자."

형민의 뒤를 여섯 명의 건장한 사내들이 따랐다. 엘리베이터를 타고 올라가는 동안에 엘리베이터 안에 있던 사람 들도 갑자기 들이닥친 건장한 어깨들의 출현에 눈치를 흘끔거리며 쳐다보고 있었다.

사무실로 들어선 형민은 사장을 찾았다.

"네. 들어오시래요."

앳된 아가씨가 비서인지 얼른 사장실 문을 열어주었다.

"안녕하시오. 천형민이라고 합니다."

형민은 들어서자마자 박응봉을 보고 소리쳤다. 형민의 뒤로 여럿의 건장한 사내들이 들어왔다.

"앉으시죠. 감득수 사장으로부터 연락은 받았습니다. 박응봉입니다."

박응봉은 여러 명의 사내들에게 소파에 앉기를 권했다.

"하하. 그래. 일은 잘 되시오?"

형민이 상석에 앉았고, 그 아래로 종혁과 무력부의 건장한 사내들이 풀썩 앉았다.

"네. 그럭저럭 좀 합니다. 제 명함입니다."

박응봉은 얼른 명함부터 꺼냈다.

"좋소! 거래는 깨끗하게 하는 게 좋겠소. 여기, 삼천만원이오."

형민은 그런 식이었다.

일단 돈부터 내미는 성격이었다. 상대방의 기선을 휘어 잡는 방법이기도 했다.

"네. 알겠습니다. 계약서를 쓰지요."

박응봉은 미리 준비해둔 계약서를 꺼냈다. 그런 일에 계약서가 필요할 것은 없었지만 주먹조직의 보스인 형민 앞인지라 형식적으로나마 계약서를 작성하는 시늉일 뿐이었다.

박응봉이 겁에 질려 얼른 볼펜을 꺼내 계약서를 작성하기 시작했다.

"여긴 그냥 CF를 찍는다고 쓰겠습니다."

박응봉은 계약서상의 계약 명칭에 대해서 CF를 찍은 조건으로 한다고 형민에게 의사를 물어오고 있었다.

"마음대로 하시오."

"네."

박응봉은 감득수 사장으로부터 이야기를 들은 대로 보통 주먹조직의 보스가 아니란 걸 알 수 있었다. 형민의 말 하는 투로 봐서나. 돈을 성큼 내놓고 시작하는 모습으로 봐서나. 데리고 온 사내들의 모습을 봐서나 연예계에서 눈칫밥으로 살아온 박응봉으로선 대번에 눈치를 알아챌 수 있었다.

서류를 다 작성한 그는 형민에게 보라고 내밀었다.

형민은 서류를 받아보지도 않은 채,

"됐소. 서명하시오."

형민이 먼저 말했다. 박응봉 매니저는 형민이 시킨 대로 먼저 서명을 하고 나서 다시 형민에게 서류를 내밀었다. 그제서야 형민은 읽어보지도 않고서 자신의 이름에다 서명을 했다.

그렇게 하는 것은 조직을 거느리고 있는 보스로서의 위엄이기도 했다. 일개 매니저에 불과한 사람이 작성한 서류를 일일이 훑어보고 나서 서명한다는 것은 있을 수 없는 일이었다.

그렇게 하지 않더라도 이미 여러 명의 무력부 애들을 데리고 나타난 형민에게 졸아서 내심 겁을 먹고 있는 박응봉이 형민의 눈밖에 벗어나는 일은 하지 않을 거라고 믿고 있었던 것이다.

"그럼 3일 후에 우리편으로 보내주시오. 차를 보낼 테니까."

"네. 알겠습니다. 모든 건….."

박응봉이 말을 꺼내자마자. 형민은 알았다는 듯이,

"알았소. 그건 이쪽의 생리 아니오. 그런 건 철두철미하게 지키는 성미이니까."

그렇게 미리 말함으로써 매니저가 우려하는 것이 무엇이라는 것을 안다는 식으로 나왔다. 그것은 바로 연예인 매춘에 대한 소문이 날 것을 우려해서 당부하고자 하는 말일 것이었다.

형민도 이미 그러한 부탁일 거라고 알고 있었다. 옆에 있는 무력부 애들이 상세한 내막을 알아듣지 못하도록 간단하게 말을 주고받은 셈 이었다.

형민이 그런 보안에 신경을 쓴다는 것을 알아챈 박용봉도 약간 마음이 놓였다.

"그럼 일어서지. 다음에도 이런 일이 있으면 서로 협조 합시다."

형민은 옆에 앉은 애들에게 말하듯이 하고는 다시 박응봉에게 말을 건넸다.

"네. 감득수 매니저로부터 많은 이야기를 들었습니다. 앞으로 잘 부탁드립니다."

박응봉은 형민에게 고개를 숙여 보였다.

형민은 웃음으로 대신하고선 애들을 데리고 사무실을 빠져나갔다.

박응봉은 곧 수화기를 들었다.

"네. 지오 매니지먼트입니다."

여비서의 목소리였다.

"응. 나 희야 기획인데 사장 좀 바꿔 줘."

그렇게 말해도 여비서는 벌써 누구인지 알아들었다.

"네. 사장님."

곧 감득수와 전화가 연결이 되었다.

"나야 방금 천형민이란 사람이 다녀갔는데. 그 사람 되게 세게 나오네?"

"하하. 어떻게?"

감득수는 이미 천형민 회장의 스타일을 알고 있었다.

"돈부터 척 꺼내놓고 서류를 쓰라는 거야. 나중에 사인을 하라고 그랬더니 나보고 하라고 하고선 본인은 거들떠 보지도 않는 거 있지."

"하하 그랬어? 원래 그런 사람이야 화끈하지."

"근데 믿을 만한 거는 맞아?"

박응봉 매니저의 생각은 연예인을 관리하면서 돈을 버는 것이 목적이긴 하지만 연예 계통의 일 외에 이런 일로 해서 나중에 잡음이 나지 않을까 우려 해서 물어 보는 말이었다.

"그건 믿을 만해. 그 사람 보통이 아니지?"

"응."

"우리야 돈만 벌면 되는 거고. 그쪽에서도 돈 버는 게 목적이니깐. 다들 회사 회장님들이니깐 별다른 잡음은 없어. 그쪽도 쉬쉬하고 만나는 거니까. 하하."

"그래. 알았다. 3일 후에 차 보내준다고 그랬어."

"응. 공짜 돈 벌었네 머."

"야야. 그게 공짜 돈이냐? 우리가 개한테 얼마나 돈을 퍼부었는데. 난 아직 본전 뽑으려면 멀었다."

"그래. 이런 일로도 돈을 챙기면 되지 뭘 그래. 계약 기간 안에 최대한 돈을 뽑으면 되는 거야. 하하."

"그래. 알았다."

"나중에 술이나 한 잔 사라."

"알았어."

박응봉은 달갑지 않은 듯이 전화를 끊었다. 연예인이라면 연예에 관계되는 일에서 대박이 터져야 자신이 키운 연예인이 큼과 동시에 매니저에게도 큰 돈이 굴러들어 오는 것이었지만 뒷거래로 돈을 번다는 것은 좀 그랬다.

그러나 커다란 조직을 알아둬서 손해날 것은 없다고 생각했다.

만약 어떤 일이 일어났을 때엔 그 조직의 힘을 빌릴 수도 있는 일이었다. 그런 만약의 사태를 대비해서 형민과 거래를 한 것도 잘한 일이라고 생각했다.

돌아오는 차안에서 형민은 김 회장한테 전화를 걸었다.

"천형민입니다."

"아. 예 어쩐 일로."

김 회장은 나이답게 부드럽게 나왔다.

"계약이 성사됐습니다. 3일 후에 저희가 모텔을 잡아 놓겠습니다. 그리로 오시죠."

"네? 어디로요? 호텔이 아닙니까?"

"서울 시내는 좀 그렇습니다. 얼굴이 팔린 애라서 눈에 띌

수도 있어서. 시내가 아니라, 약간 교외 쪽으로 벗어난 곳에다 모텔을 잡아놓겠습니다."

"예. 그러지요. 그러면 돈은?"

김 회장도 차라리 사람들 눈에 잘 안 띄는 교외가 나을 지도 모른다고 생각했다.

"지금 입금해 주십시오. 저번에 알려드린 계좌로 넣어 주십시오."

"네. 그렇게 하지요. 금방 들어갈 겁니다. 그러면 연락은 언제?"

"모레 드리겠습니다."

"네. 알겠습니다."

그런 거래는 긴 말이 필요치 않았다. 은밀한 거래일수록 상대방에 대한 신뢰감이 앞서야 했다. 형민이 조직세계의 보스이긴 하나 그런 루트를 통하지 않고선 연예인에게 바로 접근할 수 없다는 것을 아는 김 회장으로선 형민의 든든함을 믿을 뿐이었다.

그리고 이 회장이 저번에 형민을 통해 국내 최고의 톱 탤런트 축에 드는 여자애와 하룻밤 잠을 자는 대가로 7천 만 원이라는 돈을 썼다는 이야기를 듣고서 은밀하게 형민의 핸드폰 번호를 알아내서 전화를 걸었던 것이었다.

그런 거래일수록 더욱 확실하다는 것을 김 회장은 알고 있었다.

조직이 개입돼 있는 거래에서는 연예인 측에서도 마음 대로 거절할 수도 없다는 것을 김 회장도 어렴풋이는 알고 있었다. 검은 조직과 연예인과의 관계 연예인을 끼고 있는 매니저는 연예인을 띄우기 위해 홍보비로 투자한 막대한 돈을 메우기 위해 연예인이 떴을 때에 한 몫 단단히 챙겨야 했다. 일단 투자한 돈만 뽑고 나면 그 다음부터는 그대로 남는 장사였다.

형민도 매니저들의 그러한 속셈을 알고서 루트를 통해서 접근하면 거의 백 퍼센트 성사시킬 수 있는 일이었다. 그러한 거래에서는 헛소문이 나지 않을 거라는 믿음이 중요했다. 연예인들이 가장 겁내는 것은 바로 스캔들이었다. 그것만 완벽하게 처리해 주면 연예인들도 겁낼 것이 없었다.

그때 핸드폰이 울렸다.

"회장님. 접니다."

천식이었다.

"응. 일은 어때?"

"네, 회장님. 저녁에 그쪽으로 가시면 됩니다. 다 알아서 처리해 놨습니다."

"그럼 같이 가지."

"네. 회장님."

"연락은 다 됐지?"

"네. 그건 염려 마십시오. 구청장들에게 줄 봉투도 준비 해 놨습니다. 그리고 국악 팀들도 그쪽으로 오라고 준비를 해 놨습니다."

"하하 그래. 됐어. 내가 그쪽으로 가지."

형민은 전화를 끊고 나서 종혁에게로 전화를 걸었다.

"응. 나다."

"네. 회장님. 잘 들어가셨습니까?"

"그래. 가는 중이다. 오늘 저녁에 한 사람도 빠짐없이 그쪽으로 와라."

"네. 회장님. 지금 사무실로 들어가고 있는 중입니다. 들어가면 곧바로 애들을 데리고 그쪽으로 출발할 예정입니다."

"그래. 오늘 수고했어."

"네. 회장님."

형민은 통화를 끝내고 나서 한강 고수부지로 내려갔다. 주차장에다 차를 세우고는 한강을 바라보고 서 있었다. 담배를 꺼내 피우고는 밖으로 나와서 근처 매점으로 갔다.

"커피 하나 줘요."

그는 캔 커피를 하나 사서 강둑으로 내려갔다. 마침 유람선이 선착장으로 들어오고 있었다.

하얀 물살을 가르면서 선착장으로 들어선 배에서 사람들이 몰려 나오고 있었다.

가끔 그는 일을 치를 때마다 희열 같은 것을 느끼곤 했다. 그럴 때는 혼자서 강을 바라보거나, 저수지를 바라보면서 생각에 잠기는 시간을 갖곤 했다.

이때까지 조직을 키우기 위해서 쏟은 정열이 그 자신을 위로해주고 있었다.

그는 그걸 즐겼다.

강둑 위로는 연인들이 오고가고 있는 모습이 보였다. 밝은 햇빛이 수면 위에서 반짝거리고 있었다.

사람들은 어렵다고 하면서도 성에 대해서만은 억제할 수가 없는 듯이 보였다. 개개인마다 주머니 사정은 모르겠지만 한가하게 강둑을 거닐고 있는 모습만 봐도 즐거웠다.

성을 만족시켜 주는 일.

남녀란 어차피 성적인 욕구에 의해서 만나고 헤어지는 존재들일 뿐이었다.

돈으로 성을 살 수 있는 시대. 필요한 만큼 성욕을 해소 할 수 있는 건 오로지 돈 밖엔 없었다.

그 돈을 긁어모으기 위해 그는 보도방이라는 조직을 선택했을 뿐이었다. 주먹으로 승부를 가릴 수도 있지만, 칼로써도 승부를 가릴 수도 있었겠지만, 그 자신에게는 남자들이 바라는 꽃송이를 제공해주는 일 일뿐이었다.

사회가 점점 미국식으로 변해가면서 독신으로 살아가는 남자들이 많아질수록 보도방이라는 존재는 커다란 조직으로 커나갈 수 있을 거라고 믿었다.

성이란 감추어서 될 일이 아니었다.

사회는 점점 성에 굶주린 듯이 나아갈 뿐이었다.

저녁이 될 때까지 형민은 그 자리에 앉아 있었다.

모처럼 만의 느긋한 시간이었다.

그는 일어나 차안으로 들어갔다.

그리고 장흥을 향해 달리기 시작했다.

단합대회

산장가든에는 100여대에 가까운 차들이 속속들이 모이고 있었다. 산장가든의 주차장이 좁았으므로 일부는 길 옆에다 차를 세우고 걸어서 모여들었다.

형민이 도착하자, 차배수와 종혁이 밖으로 마중 나왔다.

"여. 반갑네."

형민이 손을 내밀자.

"회장님. 오랜만입니다."

차배수도 반갑게 악수를 해왔다.

두 사람이 안으로 들어서자. 쭉 늘어서 있던 조직원들은 일제히 형민에게 고개를 숙였다. 그 중에는 주부조직의 유혜경과 차배수의 애인이럴 수 있는 운향도 있었다. 그리고 대학생 조직을 맡고 있는 한동기의 모습도 보였다.

그들은 서열 순으로 양쪽으로 서 있다가 상석에 형민이 자리를 잡고 앉자. 각자의 자리에 앉기 시작했다.

"지금부터 칠공공 보도방의 회장이신 천형민 회장님을 모시고 단합대회를 시작하겠다."

천식의 사회가 시작되었다.

좌중은 숨을 죽인 듯이 조용해졌다.

형민의 오른쪽의 아래쪽으로는 무력부가 자리를 차지하고 있었고, 차배수와 그 옆의 운향이 옆에는 종혁이 앉아 있었다.

그리고 나머지는 서열 순으로 앉아 있었다. 그리고 보도방을 맡고 있는 각 구청장들과 구청장들 밑에 있는 조직원들이 역시 서열 순으로 앉아 있었다.

구청장들의 서열이라는 것은 한 달 매출과. 전과가 많은 자. 그리고 나이를 생각해서 천식이가 만들어놓은 서열이었다.

주부조직의 유혜경과 대학생조직의 한동기는 맨 끝자리 쯤에 앉아 있었다.

"먼저 회장님께 대한 피의 서약식을 하겠다!"

천식의 엄숙한 말에 그들은 각자 품에서 꺼낸 칼들을 테이블 위에다 꺼내놓았다.

"앞에 놓인 술잔에 피의 서약을 하기 바란다!"

천식의 그 말에 거기 모인 조직원들은 모두 칼을 들어 왼손 엄지손가락의 밑부분을 일자로 그었다.

금세 피가 흘러나오기 시작했다.

그들은 각자의 앞에 놓인 소주잔에다 엄지손가락에서 흘러내린 피를 떨어뜨리기 시작했다.

형민 역시 엄지손가락에 칼을 그어 핏방울을 술잔에다 떨어뜨렸다. 그리고 난 뒤엔 형민은 술잔을 높이 들었다.

"이제 회장님의 말에 따라 복창이 있겠다!"

천식 역시 손가락을 그어 핏물을 담은 술잔을 들었다.

"우리 조직은!"

형민의 말이 울려나왔다.

"우리 조직은!"

조직원들도 그대로 따라서 복창했다. 거기 모인 삼백명 가량의 남자들의 우렁찬 목소리가 방안을 뒤 흔들었다.

"영원하다!"

"영원하다!"

다시 우렁찬 복창소리가 터져 나왔다.

그리고 나서 형민은 모든 조직원들이 보는 앞에서 붉게 물든 소주잔을 한 입에 털어 넣었다.

형민의 그런 행동을 따라 모든 조직원들이 술잔을 입 속으로 털어 넣었다.

"이제 회장님께서 한 말씀 하시겠습니다."

천식은 그 말을 하고 나서 무릎을 꿇었다.

상석에서 일어난 형민은 삼백명이나 되는 조직원들을 일일이 훑어보고 나서 천천히 입을 열었다.

"난 감방 안에서 유전무죄 무전유죄라는 말을 알았다. 돈도 없고 빽도 없으면 감방 안에서도 개털이라는 소리를 들었을 것이다. 범털이 되느냐, 개털이 되느냐는 우리들 손에 달려 있다. 그래서 난 보도방이라는 조직을 키워왔다. 여러분들이 각 구청에서 열심히 뛰어준 덕분에 하룻밤 매출이 올랐다고 생각한다. 여기 있는 무력부도 뒤에서 알게 모르게 많은 일들을 해치워 왔다. 사느냐 죽느냐의 문제가 생길 때마다 무력부는 여러분들의 뒤에서 조직을 위해 피를 흘릴 것이다."

형민의 목소리는 엄숙한 어조로 나왔다.

"난 여러분들을 믿는다. 피의 서약을 믿는다. 조직을 위해 충성하겠다는 서약으로 받아들이겠다. 이상!"

형민이 말을 끝내자, 천식이 자리에서 일어났다.

"회장님께서 그동안 여러분들이 곳곳에서 열심히 일해 준 덕분이라고 생각하고 한 사람씩에게 준비한 격려금을 하사하시겠습니다. 서열 순으로 나오시기 바랍니다."

천식의 말이 떨어지자, 서열 1위인 무력부의 차배수가 일어나서 형민의 앞으로 걸어나갔다.

천식이 옆에서 수북한 돈 봉투 중에서 파란 봉투를 골라 형민에게 건네주었다. 형민은 돈이 든 봉투를 차배수에게 건네고는 뜨거운 악수를 나누었다.

그리고 나서 운향이 앞으로 나갔고, 종혁이 그 뒤를 따라 나갔다.

서열 순으로 돈 봉투를 받은 뒤에서야 모든 순서가 다 끝이
났다.

"이제 국악 팀들이 들어와서 여러분들의 술 기분을 한층 돋
궈드릴 것이다. 기분 좋게 술을 마시고 돌아가는 길에 아무
사고 없기를 바란다!"

그로써 천식의 사회는 끝이 났다.

사회를 보는 동안, 천식의 등줄기에는 뜨거운 진땀이 줄곧
흘러내렸다.

곧 천식이 미리 준비시킨 국악을 하는 여자들이 안으로 들
어와서 노래를 부르기 시작했다.

처음엔 새타령이 불리어졌고, 한오백년이라는 노래가 이어
졌다.

국악이 끝나고 나서 그들만의 술자리가 펼쳐졌다.

그들은 밤새도록 술을 마셨다.

어차피 차를 끌고 온 이상, 술을 마신 김에 오늘밤 하루는
완전히 곤죽이 되도록 술을 마시는 날이었다.

술이 취했어도 서열 순위는 절대로 흐트러지지 않았다.

형민도 여러 잔의 술잔을 받아 마신 듯했다.

"주부조직 유혜경! 이리 와 봐."

형민이 차배수의 사이로 오라고 불렀다.

곧 유혜경이 일어나서 형민의 옆으로 와서 앉았다.

"내 술 한 잔 받지."

"네, 회장님. 고맙습니다."

유혜경은 술잔을 받아 단숨에 비우고는 다시 형민에게 술잔을 권했다.

"이제 주부조직은 모텔로 뛰지 말고 차안에서만 하는 게 좋겠어."

"네. 회장님."

"주부들이 모텔에서 걸리면 사회 문제가 되니까… 우리 조직의 주먹들을 잘 이용해서 차에서 직접 남자를 만나 차안에서 일을 끝내고 나서 곧바로 태워서 돌아오는 것도 좋을 거다."

"네, 회장님."

유혜경은 형민의 말을 명심해서 들었다.

형민은 그 다음으로 한동기를 불러서 옆에 앉도록 하고 선술잔을 따라주었다.

"고맙습니다. 회장님."

한동기가 넙죽 허리를 숙였다.

"너도 이젠 모텔로 띄지 말고 주부조직처럼 차 안에서만 돈을 받고 여자애들을 대어주는 쪽으로 해라. 요즘 사회가 어수선하니까 그 방법이 훨씬 안전할 거다. 차안에서 여자애가 그거 하는 동안 밖에서 잘 지키고 있기만 하면 되는 거니까."

"네, 회장님."

"앞으로 우리 조직은 점조직 형태로 직접 전화를 받아 모텔을 거치지 않고 차안에서만 일을 하도록 하겠다. 그렇게 하면 절대로 걸릴 염려가 없지."

"네. 회장님. 잘 알겠습니다."

유혜경과 한동기는 동시에 허리를 숙였다.

"하하. 회장님께서 멋진 생각을 하셨습니다."

옆에 있던 차배수가 한 마디 거들었다.

"그럼! 이제 우리는 조직을 잘 보호해야 돼. 이만큼 큰 조직을 잘 가꾸려면 그런 식으로 해야 될 거 같네."

"잘 알겠습니다. 회장님."

이번엔 차배수가 머리를 숙여 보였다.

"무력부가 많이 뛰어야 할 거 같으니까 차 형이 애들을 풀어서 각 구청별로 지원을 해줘야겠어."

"알겠습니다. 회장님."

차안에서 카섹스를 하는 쪽으로 틀이 잡혀졌다. 그렇게 되면 남자 손님이 여자를 찾는 전화가 오면 여자애를 태운 차가 손님이 있는 차로 가서 여자애를 넘겨주고는 일이 끝날 때까지 주위를 지켜주기만 하면 되었다.

그런 식으로 하면 절대 일이 터질 염려가 없었다.

남자의 신분 보호를 위해서도 가장 좋은 방법이었다.

여자애가 아무리 영계라고 하더라도, 남자가 사회적인 신분이 있다고 하더라도 경찰에 들킬 염려는 전혀 없을 것이었다.

밤새도록 술을 마시고서 아침을 맞은 그들은 가든 측에서 준비한 오리탕으로 속 풀이를 한 다음, 각자의 일터로 헤어졌다.

"회장님. 만수무강하십시오."

"무력부 부장님. 건강하십시오."

대개의 구청장들은 형민과 차배수에게 깍듯이 절을 하고는 그 자리를 빠져나갔다. 산장가든에서 빠져나가는 차들의 행렬만으로도 찻길은 꽉 차고도 남았다.

차배수도 종혁을 데리고 빠져나간 뒤에 천식이 형민에게로 걸어왔다.

마지막으로 남은 두 사람이었다.

"회장님. 총 경비 3억이 집행됐습니다."

천식이 보고를 했다.

"좋아! 어젯밤에 국악하는 년들을 부른 건 잘했어"

"네, 회장님. 이런 자리에서는 그런 애들을 불러야 될 거 같아서 불렀습니다."

천식이 형민에게 머리를 조아렸다.

"됐어! 다음에도 이런 일이 있을 때는 그런 애들을 불러. 돈 값어치를 하는구만."

"네. 회장님."

"그럼 난 이제 출발할게. 너도 알아서 가라 난 혼자서 들길을 좀 달리다가 서울로 들어갈 테니까."

"네, 회장님. 알겠습니다. 편히 가십시오."

천식은 형민이 차에 탈 수 있도록 차 문을 열어서 닫아 준 다음에 자신의 차로 갔다.

형민은 그곳에서 나와 일영 쪽으로 달렸다.

어젯밤의 술기운이 그대로 남아 있는 것 같았다.

들길 한가운데로 가서 멈춘 그는 차 문을 열고 나왔다. 들녘은 언제 보아도 싫증이 나지가 않았다.

텅 빈 들녘이라도 좋고, 벼들이 한창 자라고 있는 모습을 보아도 좋았다.

들길을 걸어갔다가 다시 차로 돌아왔다.

차안의 카세트를 켜서 음악을 틀어놓고선 차 옆에 앉았다. 차안에서 들려나오는 음악이 들녘으로 퍼져나갔다.

이제 조직은 완전히 짜임새 있게 모양새를 갖추었다.

주부조직과 대학생조직은 사회적인 이목도 있고 해서 점조 직으로 운영해서 차안에서만 섹스를 할 수 있도록 지시를 내려놓은 상태였다.

이제 조직은 모텔이나 단란주점에 여자애들을 대어주는 일과, 주부조직이나 대학생조직과 같이 점조직으로 직접 남자 손님의 차안에서 섹스가 이루어지도록 하는 일이 병행되었다.

그리고 만일의 경우에 모텔이나 어디에서건 불미한 사건이 터졌을 때는 그곳에 있었던 당사자들이 알아서 단독 플레이를 한 것으로 일을 처리하게끔 지시를 내려놓은 상태였다.

그래야만 만일의 경우에 경찰이 개입하더라도 매춘을 한 여자애의 선에서 모든 일이 끝나도록 만일의 대책을 강구해 놓은 것이었다.

그런 사소한 일로 조직 전체가 드러나는 것은 형민이 원치 않았다.

각 구청장들마다 그런 지시사항을 철저히 교육시키라고 지시를 내렸던 것이다. 이미 보도방에 몸을 던진 여자애들은 그런 사항에 대해서 누구보다도 더 철두철미했다.

자신의 일터나 마찬가지인 보도방 조직의 전체를 물고 들어가는 일은 없었다.

만약 그러한 일이 일어났을 때는 형민의 뒤에 존재하고 있는 무력부가 가만있지 않았다. 그러한 것을 아는 여자애들로서는 일이 터진다고 하더라도 굳이 조직을 들먹일 필요조차 없었다.

돈을 벌기 위해 스스로 찾아든 그녀들로서는 밥줄을 끊어버리는 일이나 마찬가지였다.

모든 체제 정비가 끝나고 난 뒤의 형민은 홀가분한 기분을 느꼈다.

하룻밤에 5억원대의 수입을 벌어들이는 막강한 조직으로 태어난 기분이었다.

사실 각 구청장들이 일선에서 열심히 뛰어주고, 여자애들이 열심히 뛰어준 탓이기도 했다.

전부 다 돈을 벌기 위해서 뛰어든 조직이 아닌가.

형민은 천식에게 교도소 출소자들 중에서 쓸만한 놈들을 골라 데려오도록 만들었다. 바깥에 있는 놈들보다는 교도소 안에서 찬밥을 먹어본 놈들이 더 열심히 일을 한다는 것을 형민은 알고 있었다.

천식은 청송감호소에서 출소한 자들은 제일 우선 순위로 받아들였다.

그들은 오랜 구금 생활로 인해서 사회에 대한 적응 능력도 없을 뿐더러, 사회가 냉대시하는 터라 어디에서도 환영을 받지 못했다. 사회로부터 냉대를 받는 그들을 받아들이면 그들은 사나이답게 충성을 맹세하며 나오는 경우가 많았다.

어차피 버림받은 인생이 아닌가. 천재지변이 일어나서 사회가 뒤죽박죽이 되지 않은 이상은 그들은 어디에도 발붙일 곳이 없었다.

그들을 받아들이면서 청송감호소 안에서는 알게 모르게 칠공공 보도방으로 들어간 이들이 남부럽지 않게 출소했다는 소문이 나돌기 시작했다. 그래서 그들은 오랜 구금 생활 속에서 출소하게 되면 서울에 있는 칠공공 보도방 조직으로 들어가는 것이 꿈이었다.

그러한 소문은 청송감호소에서 먼저 출소한 이들이 칠공공 보도방으로 들어와서 조직 생활을 하면서 청송감호소에 있는 자들에게 이곳에서의 생활에 대해서 낱낱이 적어서 편지를 했기 때문에 그곳에 있는 재소자들이 알게 된 것이었다.

청송감호소에서 출소한 자들은 으레 서울로 올라오면 천식에게로 연락이 닿았다.

천식의 조직 밑으로는 청송감호소 출신들이 많았다.

백영기, 김전집, 황무세, 이은상, 현종걸 등이 천식의 바로 밑의 직계일 정도였다. 다른 교도소에서 출소한 이들보다 청송감호소에서 출소한 이들이 더 열심히 일했고, 충성스런 모습을 보여주기도 했다.

이미 인생의 막장이랄 수 있는 청송감호소까지 갔다 온 그들인지라 어느 교도소 출신보다도 용감했고 난폭했다. 그랬으므로 천식의 바로 밑의 직계를 차지하고 있었고. 동료애가 묻어 있는 청송감호소 출신들은 요직을 차지하고 있었다.

감호소에서 나온 출소자 중에서 폭력전과가 화려한 인종배, 서기창, 비호, 함영필 등은 무력부에 있는 종혁의 직계로 집어넣었다.

그것은 형민의 생각이었다.

전과자라고 해서 사회가 냉대하는 것을 못마땅하게 본 형민은 교도소 출신들을 우선적으로 영입시키라고 지시를 내렸던 것이었다.

그들만큼 충성을 다하는 이들은 없었다.

그들은 보안에 대해서도 철두철미했다.

눈칫밥으로 오랜 시간 징역을 살아온 그들로서는 당연한 일이었다. 천식이나 종혁의 눈치 하나만 보고서도 그들은 어떻게 행동해야 되는지를 알아차렸다.

그들에게는 말이 필요치 않았다.

무력부는 한창 바빴다.

각 구청으로 나간 무력부 조직원들은 여자애들을 태우고 일을 나간 사이에 집 안에 있으면서 만일의 사태에 대비해서 대기하고 있다가 어디서 일이 터졌다고 하면 금세 칼을 차고 달려 나가야 했다.

모텔에서 여자애들과 손님 사이에 실랑이가 벌어졌을 때도 사건을 수습하기 위해 달려나갔고, 여자애들을 실어 나르는 차가 동네 건달들과 시비가 붙었을 때도 무력부의 조직원들이 뛰쳐나가서 일을 해결하곤 했다.

각 구청마다 무력부 조직원들의 힘은 막강했다.

그들의 맹활약을 믿고서 구청장들과 여자애들은 거리낄 것 없이 영업을 할 수가 있었다.

형민은 집 안에 있거나, 서울 시내의 동정을 살피기 위해 혼자서 차를 몰고 나와 시내 곳곳을 누비며 다니는 것이 그의 일과였다. 천식과 종혁으로부터는 수시로 핸드폰으로 연락이 왔기 때문에 어디서 어떤 일이 일어났는지 낱낱이 알 수 있었다.

그리고 주부조직의 유혜경이나 대학생 조직의 한동기도 형민에게 수시로 연락을 취해오고 있었다.

형민은 돈이 많은 회장과 연예인들을 교섭시켜 주는 일만 직접 챙겼다.

다음날.

형민은 희야 기획의 박응봉 사장으로부터 유효리가 도착해 있다는 연락을 받았다.

"응. 알았어. 곧 차를 보내지."

형민은 다시 김 회장에게로 전화를 넣었다.

"유효리를 데리고 장흥에 있는 산장가든으로 데리고 갈 겁니다. 그쪽으로 오시죠."

"몇 시쯤이면?"

김 회장은 감회가 깊은지 약간 떨리는 듯한 목소리로 전화를 받았다.

"저녁 시간으로 하죠. 저녁 일곱 시에 그쪽으로 갖다 놓겠습니다. 산장에 가면 저와 우리 애들이 있을 겁니다. 보안을 위해서 저와 애들이 직접 경호를 설 겁니다."

"하하. 그래요? 그렇게까지?"

"네. 일단 밤 열두 시까지는 그곳을 지킬 겁니다. 그때 까지만 있다가 철수할 겁니다. 그렇게 아시죠."

"아, 네. 고맙습니다. 그렇게까지 보안에 신경을 써주시 다니…."

김 회장은 형민의 철두철미한 경호에 대해서 찬사의 말을 아끼지 않았다.

"그럼 저녁 일곱 시에 뵙지요."

"네. 고맙소."

형민은 다시 종혁에게 전화를 걸어 저녁 일곱 시에 장흥에 있는 가든으로 탤런트를 데리고 가야 한다는 말을 알려 주었다.

"다섯 시까지 여의도로 애들을 데리고 나와라."

"네. 회장님. 알겠습니다."

종혁은 이미 거물급 여자 탤런트가 기업체 회장을 만나는 약속일 거라는 것을 알고 있었다.

종혁은 차배수에게 오늘밤 경비를 서러 나간다는 보고를 올렸다. 종혁이 오늘밤에 경비를 선다는 말은 곧 기업체 회장과 탤런트가 만나는 장소에서 보안을 지키기 위해 나간다는 말로 알아듣고 있었다.

"그래. 알았어. 누구 데려가냐?"

"저하고, 종배하고, 기창이하고, 비호하고, 영필이를 데리고 갔다 오겠습니다."

"알았어."

차배수는 종혁의 보고라면 그대로 다 받아들였다. 그만큼 종혁은 빈틈없이 일을 처리하고 있었다. 다만 종혁이 주로 데리고 나가는 조직원들이 청송감호소 출신이라는 것이 조금 마음에 걸렸지만 그걸로 종혁에게 딴지를 걸 생각은 없었다.

차배수는 명실공히 무력부의 보스로서 2인자인 종혁이 청송감호소 출신들을 주로 데리고 다닌다고 하더라도 눈 감아줄 수 있는 일들이었다.

종혁은 사무실에서 훈련에 열중하고 있는 그들에게 오늘밤 작전이 있다고 말해 놓았다.

"네. 알겠습니다. 형님."

그들은 벌거벗은 채로 땀을 흘리다가 종혁의 말을 듣고 선벽시계를 힐끔 쳐다보았다. 아직은 좀 더 운동을 해도 될 시간이었다.

그들은 자신들을 따뜻하게 맞아준 천식과 종혁에게 충성을 다하고 있었다. 차배수의 조직들보다 더 열심히 칼을 휘둘렀고, 쇠파이프를 꺼내 사정없이 목표물을 내리쳤다.

그들의 훈련하는 모습을 보고 있으면 종혁이나 차배수는 마음이 든든했다.

평상시에 훈련을 많이 해놓은 놈들이 용감하다는 것을 그들은 알고 있었다. 아무리 건장하고 날쌘 사내들이라도 술과 담배, 여자에 빠져 있는 기간이 길어지면 몸동작이 그만큼 둔해진다는 것을 알고 있었다.

그들이 훈련할 때에 주로 사용하는 무기는 짧은 회칼과 조선낫, 그리고 쇠파이프였다. 회칼은 착용하고 다니기에 편리할 뿐만 아니라, 운동 반경이 짧아서 휘두르는 데에 거침없어서 좋았다.

그리고 조선낫온 상대방에게 극심한 위협감을 주는 무기였
다.

쇠파이프는 주로 처음에 시작하는 패싸움에서 사용하는 무
기여서 그것을 자유자재로 휘두르는 요령을 길러 놓지 않으
면 안 되었다.

그들은 회칼로 상대방이 든 쇠파이프를 제압할 수 있었고,
쇠파이프 하나만으로도 여러 명의 회칼잡이들을 동시에 쓰러
뜨릴 수도 있었다. 쇠파이프의 위력은 그만큼 대단했다.

오피스텔의 바닥에 두꺼운 시멘트 처리를 하고서, 다시 그
위에 시멘트 둔덕을 만들어놓아 그들이 쇠파이프를 내리칠
때마다 건물이 울릴 정도였다. 최대한의 방음시설을 해 놓았
지만 내려친 쇠파이프에 시멘트가 부서지는 소리는 벽면을
떨게 만들 정도였다.

시간이 되자 그들은 하던 운동을 멈추고는 샤워실로 들어
갔다.

샤워를 마친 그들은 각자 무기를 챙겨 종혁을 따라 밀으로
내려갔다.

두 대의 검은 다이너스티가 움직였다.

종혁은 뒷자리에 앉은 채로 머리를 뒤로 기댔다.

종배가 핸들을 잡았고, 종혁의 옆에는 서기창이 호위하고
있었다. 또 다른 차는 함영필이 운전을 했고, 그 옆에는 비호
가 타고 있었다.

두대의 검은 다이너스티는 화곡동을 빠져나와 여의도 로향했다.

희야기획 박응봉 사무실에 도착한 종혁은 조직원들을 데리고 박응봉 매니저를 만나고 있었다.

"회장님께서 곧 오신다고 연락이 왔습니다."

"네. 알고 있습니다."

종혁이 거만하게 말을 받았다.

박응봉 매니저는 비서에게 차를 갖고 오라고 말했다.

종혁의 옆에는 건장한 체격의 사내들이 둘러앉아 있었다. 어색한 자리였다.

회장인 형민을 만나야 하는데 그 밑에 있는 조직원들이 먼저 들이닥친 셈이었다. 박응봉 사장은 옆방에 있는 유효리가 날카롭게 생긴 조직원들을 보게 되면 겁을 집어먹을지도 모른다는 생각에서 아직은 사장실로 불러들이지 않고 있었다.

종혁과 조직원들이 차를 마시고 있는 동안에 형민은 그 쪽으로 가고 있었다.

"유효리는 어디 있습니까?"

"네. 저쪽 방에 있습니다."

박 사장은 지금 당장이라도 유효리를 내어놓으라고 할까봐 약간 겁이 났다.

"그럼 도착해 있군요."

종혁은 회장이 도착하기 전에 유효리가 먼저 도착해 있는지 확인한 것이었다.

"네. 아까 회장님께 도착해 있다고 말씀드렸습니다만"

"하하. 그렇습니까? 사장님께서 다 알아서 준비를 해 놓으셨군요."

"네."

박응봉 사장은 종혁과 조직원들을 살피면서 자신이 하고 있는 연예인 매니지먼트 회사와 연결을 해두고 싶었다. 연예인 회사라면 조직세계와 연결이 돼서 손해볼 것은 없을 거라고 생각했다.

"앞으로 잘 부탁드리겠습니다."

박 사장이 그렇게 말하자,

"하하. 그러지요. 회장님께서 직접 관리하시는 일이라 저희들은 경비만 맡습니다."

"경비요?"

박사장이 물었다.

"우린 유효리가 머무는 곳에서 누가 접근하지 못하도록 경비만 책임진다는 말입니다."

"아, 그렇게 하시는 겁니까?"

"하하. 그렇소. 우리도 이런 일에 잡음이 터지는 건 원치 않으니까."

"아, 네. 그래서 여러분들께서 같이 오셨군요."

"그래요. 우린 밤늦게까지 경비를 서다가 조용하다 싶으면 새벽에 철수합니다. 그러니까 유효리에 대해선 안심 하셔도 됩니다"

"아, 네. 그렇게 해주시면 저희들로선 정말 고맙지요."

박 사장은 형민의 조직이 그 정도로까지 철두철미하게 보안에 붙인다는 사실을 처음 알았던 것이다.

그때 비서로부터 형민이 도착했다는 연락이 들어왔다.

"들어오시라고 그래."

박 사장은 그렇게 말해 놓고는 자리에서 일어나 바깥으로 마중을 나갔다.

"반갑소."

형민이 들어오다가 만난 박 사장에게 악수를 청했다.

"네. 좀 전에 종혁 씨라는 분과 여러분들이 도착해 있습니다."

"그래요? 나보다 먼저 도착했군."

형민이 사무실 안으로 들어서자 종혁과 그 밑의 조직원들은 일제히 일어나서 허리를 굽혔다.

"앉아."

형민이 소파의 상석으로 가서 앉았다. 그 옆에는 박 사장이 앉았다.

"준비는 됐다고 들었는데."

형민이 사무실을 둘러보면서 물었다.

"네. 저쪽 방에 있습니다. 나오라고 하지요."

박 사장은 곧 비서를 불러들여 유효리를 오라고 시켰다.

유효리가 사무실로 들어서면서 건장한 사내들을 둘러보며 인사를 했다.

"안녕하세요."

"여기로 앉지. 우선 인사나 하게."

박 사장의 말에 유효리는 약간 놀란 듯이 사장의 옆에 앉았다.

"여기 계시는 분들이 오늘 너를 지켜주러 오신 분들이 시다. 그러니까 절대 겁먹을 필요는 없고."

"네."

유효리는 사내들을 둘러보았다. 한 눈에 봐서도 전부 다 건장한 체격의 사내들이었다. 칼만 안 들었지 주먹세계에서 노는 인물들이라는 것을 알 수 있었다. 사내들의 눈빛이 자신을 향하고 있음을 알아차린 유효리는 주눅이 드는 듯했다.

"이 분은 회장님이시고… 인사드려라."

"네. 안녕하세요."

효리는 형민에게 인사를 했다. 아직 비린내가 나는 듯한 앳된 티가 나는 효리였다.

"그래. TV에서 보는 것보다 이쁘게 생겼군. 앞으로 우리하고 자주 친해 보자."

형민이 먼저 악수를 청했다.

효리는 수줍은 듯이 형민이 내민 손을 잡았다.

"여기 계신 분들은 오늘밤 너를 지켜주러 오신 분들이시다. 인사해라."

"네. 안녕하세요. 반갑습니다"

효리는 이번엔 고개를 숙여 인사를 했다.

"이제 일어나지."

형민이 말에 그들은 자리에서 일어났다.

"차는 우리가 준비를 했으니까. 종혁이 니 차로 태워가도록 하지."

"네, 회장님."

종혁이 머리를 숙였다.

바깥으로 나온 그들은 종혁의 다이너스티에다 유효리를 태웠다.

"잘 부탁드립니다."

박 사장이 형민에게 허리를 숙였다.

"걱정 마시오. 앞으로 계속 거래를 할 테니까 그런 걱정은 안 해도 됩니다."

"알겠습니다. 그럼."

형민이 차에 올라 손짓으로 신호를 보내자, 종혁의 차부터 출발을 했다. 그 뒤를 따라 비호의 차가 따랐고, 형민은 나중에 출발했다.

또 다른 시작

벌써 어스름이 깔리기 시작하고 있었다.

세 대의 다이너스티는 나란히 88도로로 접어들었다.

행주대교를 건너 장흥 쪽으로 달렸다.

산장에 도착한 그들은 유효리를 내리게 해서 방으로 안내한 다음에 다시 차로 돌아왔다.

"미리 저녁이나 먹지."

형민의 말이었다.

"네. 회장님."

종혁은 곧 주인을 불러 식사 준비를 해달라고 하고선 입구 쪽에 있는 정자로 가서 앉았다. 곧 저녁 식사가 준비되어 나왔다.

식사를 마치고 나자, 검은색의 벤츠 승용차가 들어오는 게 보였다.

입구를 세 대의 다이너스티로 막아 놓아서인지 차는 더 이상 접근하지 못하고 클락숀을 울렸다.

"이제 왔군."

형민이 자리에서 일어나서 검은색의 승용차로 다가갔다. 그 뒤를 따라 종혁과 그의 조직원들이 따라붙었다.

"오셨습니까?"

"네. 벌써 오셨군요."

김 회장이 모습을 드러내었다.

"우리 차가 입구를 막아 놨습니다. 아무도 여긴 못 들어 오게 해 놨습니다."

형민이 김 회장에게 그렇게 설명하자,

"하하 좋소. 어이, 김 기사. 그냥 돌아갔다가 내일 아침에 오지. 여섯 시에 이쪽으로 와."

"네. 알겠습니다."

김 회장이 타고 온 차는 곧바로 뒤돌아서 오던 길로 나갔다.

형민은 김 회장의 옆에 서서 안으로 들어갔다.

주인이 바깥으로 나와서 김 회장을 맞았다.

"이 분이 오늘 여기 묵을 분이니까 잘 알아서 모시도록 해요. 우린 바깥에서 경비를 설 테니까."

"네, 알겠습니다."

"그럼 들어가시죠. 방에서 기다리십니다."

주인의 말에 김 회장은 형민에게 고맙다는 듯이 손을 들어

보이고는 주인을 따라 안으로 들어갔다.

그 곳 산장은 입구에 별채와 안쪽에 있는 안채로 구분되어 있었다. 산장으로 들어오는 길은 별채를 지나야만 안쪽으로 들어갈 수가 있었다.

"이제 됐어. 니들은 여기서 잘 지켜라."

"네. 회장님."

종혁과 그의 조직원들은 일제히 허리를 굽혔다.

"난 좀 있다 이 근처나 한 바퀴 돌고 와야겠다."

"네. 그렇게 하십시오."

종혁이 고개를 숙였다.

형민은 차안으로 들어가서 뒷자리에 앉았다. 머리를 뒤로 기대고는 눈을 감았다. 바깥에서는 종혁과 조직원들이 서성이며 잡담을 나누고 있었다.

"형님. 유효리 쟤가 아주 이쁘던데요?"

기창이 낄낄 웃으며 말을 꺼냈다.

"야 임마. 그럼 일류 탤런튼데 안 이쁘겠냐?"

"몸매가 아주 쥑여 주는데요."

"하하. 오늘 김 회장이란 작자는 녹아나겠군 머."

영필과 종배의 농담이었다.

"그러니까 돈이 최고야 돈만 있으면 저런 애들을 불러서 씹도 할 수 있고 말이야."

"형님. 얼마에 하는 겁니까?"

기창이 물어왔다.

"임마. 그런 건 묻는 게 아냐 그건 회장님밖에 몰라."

종혁이 딱 잘라 말했다. 사실, 그러한 액수에 대해서는 종혁도 아는 게 없었다. 종혁은 다만 회장이 약속 장소만 말하면 조직원들을 그곳으로 데리고 가서 경비를 서는 일만 충실히 했을 뿐이었다.

"형님도. 회장님하곤 직계나 다름없잖습니까? 액수가 만만치 않을 건데요?"

"모른다니까 그래. 액수하고 우리하고 무슨 상관이야. 우리야 경비만 책임지고 잘 서면 되는 거지."

"맞습니다. 형님."

사내들은 잡담을 하면서도 주위를 살피는 일을 게을리 하지 않았다.

그때 차가 안쪽으로 들어오는 게 보였다.

"형님. 차가 들어오는데요?"

종배가 얼른 입구 쪽을 가리켰다.

"누구야? 어떤 놈이 여길 들어오는 거지? 막아!"

종혁의 말에 조직원들은 우르르 입구 쪽으로 몰려갔다.

차가 입구에 멈춰 섰다.

건장한 사내들이 차를 가로막자, 차안의 남자는 놀란 듯이 눈을 휘둥그래 뜨고는 유리창을 내렸다. 남자의 옆에는 정부인 듯한 젊은 여자가 앉아 있었다.

"뭡니까? 오늘 여기 장사 안 해요?"

차안의 남자가 조심스레 말을 꺼냈다. 건장한 체격의 사내들이 차 앞을 가로막고 있었고, 종혁과 종배가 남자의 옆으로 다가갔다.

종혁은 남자에게 겁을 주기 위해 일부러 내린 유리창문에 팔을 괴고선 차안에 앉아 있는 여자를 유심히 들여다보면서 입을 열었다.

"오늘 여긴 우리가 접수했어. 그러니까 다른 데로 가보는 게 좋을 것 같군."

"……그래요? 그럼 나가죠."

남자의 떨리는 목소리였다. 옆에 앉은 젊은 여자도 종혁의 날카로운 눈빛을 쳐다보고는 옆쪽 유리창으로 시선을 돌리고 있었다.

"야 길 비켜줘라. 나가신단다."

종혁의 말에 차 앞을 가로막고 섰던 사내들이 일시에 길을 터 주었다. 차가 방향을 틀기 위해 앞쪽으로 나아갔다가 핸들을 꺾으면서 방향을 틀었다.

차안의 사내는 옆에 앉아 있는 여자에게 자존심이 구겨졌는지 최고 책임자인 듯한 종혁에게,

"오늘 여기 높은 분이 오셨습니까?"

하고 물어왔다.

"하하. 네. 미안합니다. 그래서 저희들이 경비를 서고 있습

니다."

종혁은 부드러운 말투로 대답했다.

옆에 앉아 있는 여자를 생각해서 남자의 체면이라도 세워줘야겠다고 생각해서 한 말이었다.

"아, 네. 알겠습니다. 수고하십시오."

아마도 남자는 정부의 높은 분이 이곳 산장에 머물고 있을 거라고 생각한 듯했다.

차는 곧 오던 길로 빠져나갔다.

"푸하하하. 짜식. 마치 안기부에서 이곳을 접수한 것처럼 말하고 자빠졌네. 옆에 끼고 다니는 애를 보니까 여기 와서 식사나 하고 씹이나 하고 갈 자식이 말이야."

"하하. 저런 놈들 옆에 앉아 있는 년이 미친년이지. 벌써 밤은 깊어오고, 몸뚱이는 싱싱하겠다, 오입이나 하러 왔다가 우리가 막으니까 줄행랑을 놓는군. 우리가 떼강도 인 줄 아나 보지 머."

"야! 떼강도가 뭐냐? 우리가 떼강도라면 그냥 보냈겠냐. 차에서 끌어내려 남자 놈을 뒈지게 패 버리고 나서 땅 바닥에다 무릎을 꿇게 하고서, 싱싱한년을 그대로 여럿이서 돌림빵을 놔 버리지."

"하하. 말 되네. 전에 청송에서 말이야. 어떤 새끼가 들어 왔는데… 그 놈은 여자 혼자 자취하는 집만 골라서 5백명이나 따먹고 들어온 놈이었어. 나하고 같은 방에 있었는데 그놈은 술집 같은데서 일하고 늦게 집에 들어가는 여자애를 뒤따라가서 담을 넘어 들어가서는 여자애들을 조진거야. 그리고 나서는 여자애한테 있는 돈을 몽땅 털어서 튀었다가 잡혔는데, 그런 전과만 열 개도 넘어."

"그래? 누구?"

그들은 다 같은 청송감호소 동기생들 이었으므로 누구라고 말하면 혹시 알지도 모르는 일이었다.

"설창기 아냐?"

"아! 설창기 그 놈?"

영필이 아는 척했다. 언젠가 한 번 같은 방에서 지냈던 적이 있었다. 감호소에서는 3개월마다 방안의 사람들이 전방을 가야 했기 때문에 수없이 많은 사람들과 만나고 헤어지면서 같은 감방 안에서 지내야 하는 수가 많았다.

"그래. 그 놈이 전과가 열 개도 넘어. 그러니까 감호를 받았지. 그 놈이 말이야 하루는 술집에 나가는 여자애 집에 들어갔다가 잠자고 있는 여자애를 덮쳐서 그걸 하고는 칼을 들이댔어."

"그래서?"

영필이 맞장구를 쳤다. 혹시나 자신이 모르는 이야기가 나올지도 모른다는 생각에서였다.

"죽여달라는 거야"

"왜? 여자가 겁도 없이?"

"하하. 그 년이 또라이라는 거 아니냐. 하하. 그 년은 술집에서 좆나게 일해 봐야 돈도 못 벌고 다 찌그러져 가는 사글세방에서 그렇게 살고 있으니 차라리 죽여달라는 거지 머."

"하이고! 그런 년 만나면 썹한 것도 물어주고 싶겠다!"

"그런 년을 만나면 한 마디로 재수가 없는 거지. 죽여달라는 데야 뭐 어떻게 하겠냐?"

"그럼 어떻게 됐어?"

역시 영필이었다. 그런 이야기는 설창기로부터 들어보지 못한 이야기였다.

설창기는 영필이가 있는 감방으로 전방을 와서 내내 화장실 청소나 하다가 금방 다른 방으로 전방을 가버렸기 때문에 이런 이야기는 처음 듣는 것이었다.

"야야, 그런 년하고 있어 봐야 뭐 기분이 나겠냐? 씨팔년이라고 냅다 질러 버리고서 도망쳐 나왔다고 그러더라 머."

"발로 차고 나와? 하하하."

"그런 애들은 밑구멍이 엉망이랜다!"

"왜?"

"대개 술집에 나가는 년들은 집에 와서도 안 씻고 자는 년들이 많댄다. 피곤하니까 얼굴에 화장도 안 지우고 퍼지는 년들도 있으니까. 술 마셨지, 피곤하지 하니까 집에 와서는 그대로 퍼지는 거지. 그러니까 그런 년들은 먹어 봐야 냄새만 지독히 난댄다."

"하하. 그거야 당연하지. 술집에서 몸 파는 년이 뭐가 그리 깨끗하겠냐? 맨날 구멍이나 파는 년들인데."

"그래도 우리 애들은 걔네들하고 틀리지. 우리 애들이야 모텔에 들어가면 싫어도 남자 보는 앞에서 샤워를 하고 나와야 되고, 일이 끝나고 나면 씻고 나와야 하니까."

"하하 맞아!"

그들은 그런 이야기로 시간을 죽이고 있었다.

종혁은 문득 형민이 차안에서 움직이는 것을 보고는 형민의 차로 다가갔다. 형민은 눈을 감고 있다가 바깥을 내다보고 있는 중이었다.

종혁은 차 문을 열었다.

"방금 낯선 차가 한 대 올라왔습니다. 그대로 돌려보냈습니다."

"음. 그래."

"그럼 편히 쉬십시오."

종혁은 일단 보고를 하고선 차 문을 닫아주었다.

조직원들이 있는 곳으로 온 종혁은 다시 그들이 나누는 이야기를 듣고 있었다

"전에 내가 청송에 들어갔을 때에 보니까…"

이번엔 비호가 말을 꺼냈다.

비호는 전에 용산에서 놀던 주먹잽이였다. 상대 조직원에게 단 한 방의 칼침에 살인죄를 쓰고서 청송감호소에서 10년

형을 살고 나온 놈이었다.

"응. 뭔데?"

이번에도 영필이가 끼여들었다.

"밤에 길가는 여자만 따먹고서 죽여 버린 뒤에 땅속에 묻어 버린 놈이 있었는데, 그 놈은 정신적으로 문제가 있는 놈이야."

"?"

모두 다 비호에게 눈길을 던졌다.

"정신감정까지 받았던 놈이었거든. 나중에 청주정신감호소로 이감을 갔던 놈이야. 그 놈은 시골에서 밤에 길을 가던 여자애들만 골라서 산으로 데리고 가서 따먹고는 죽여 버리고는 땅 속에 묻었던 놈이야."

"몇 명이나 죽였는데?"

"지 말로는 백명이 넘는다고 그러는데, 그건 좀 뻥이 든 거고… 내가 보기엔 수십명이 넘을 거 같았어."

"그런데도 안 걸렸어?"

그건 이상한 일이었다. 만약에 밤길에 퇴근하던 여자가 실종되고 나면 경찰에 신고하기 마련이었다. 그러니 수십명이나 강간을 하고 땅속에 묻어 버렸다면 집에서 가만히 있을 일이 아니었다.

"그 놈은 머리가 아주 비상해. 강간을 하고 나서 땅속에 묻어 버린 뒤에, 그 여자가 갖고 있는 수첩에 적혀 있는 집주소나 전화번호를 알아내서 자기 여동생을 시켜 그 여자애 집으로 전화나 편지를 보낸다는 거야."

"어떻게? 왜 그런 짓을 하지?"

"그 놈 말대로는 완전범죄를 노린 거지."

"뭐? 완전범죄? 그게 뭐가 완전범죄냐?"

기창이 완전범죄라는 말이 가소롭다는 듯이 나왔다.

"하하. 들어 봐. 그 놈은 그 놈대로 머리를 쓴 거라고. 그 놈은 여자애를 파묻어 놓고 나서 다음날 실종신고를 하지 못하도록 여자애의 집에 전화를 거는 거야."

"왜? 지가 죽여놓고?"

"그래. 여동생이 하나 있는데, 그 놈은 여동생을 시켜서 그 여자애가 피치 못할 사정이 있어서 회사를 옮겼다고 말 하거나, 말 못할 직장에 나가고 있다면서 잘 있으니까 집에서 걱정할까 봐 친구인 그 놈의 여동생이 전화를 하는 거라면서 전화를 하는 거지."

"그래? 그러면 신고는 안 하겠네?"

"그렇지! 그런 식으로 하거나, 집으로 편지를 해서 잘 있다고 하는 거야"

"여동생은 그럼 알고 하는 거야? 오빠가 그런 짓을 저질렀다는 걸 몰라?"

"모르지. 여동생이야 오빠가 시키니까 그런가 보다 하고 해 줬겠지. 오빠하고 사귀는 여자인가 보다 하고 생각하겠지. 그 놈은 그런 식으로 여동생을 이용해서 집으로 연락을 하는 거야"

"호오. 그렇게 해도 집에선 모르겠구나."

"그럼! 시골에 사는 노인네들이 뭘 알겠냐? 갑자기 집을 나간 걸로만 알겠지. 눈물이 나도 뭐 할 수 있겠어? 요즘 애들이 다 그러니까."

"그럼 그 놈이 아주 머리가 비상한 거네? 다 그렇게 했다는 거야?"

"그 놈은 아주 철두철미했어. 여자를 죽이면 꼭 그런 식으로 집에다 전화나 편지를 해서 안심을 시키는 거야. 그리고 더 웃기는 건 여자애 집이 좀 사는 것 같다 싶으면 주은 주민등록증을 위조해서 차명계좌를 만들어서 여자애네 집으로 전화를 해서 몸이 아파서 그런다고 하고선 돈까지 부치라고 해서 꿀꺽 해먹은 놈이야."

"하하. 그 놈이 간뎅이가 부었군."

"그럴 수도 있지! 사람을 죽일 정도로 간이 부은 놈인데 뭘 못하겠어? 그 놈은 백명도 넘는 여자애들 집으로 일일이 그런 식으로 전화나 편지를 해서 관리해온 거야."

"나중에도?"

"그렇지! 그래서 그 놈이 머리가 비상하다는 거 아냐. 그 놈은 심심하면 수첩에 적어 논 여자애들 집으로 여동생을 시켜서 전화를 걸게 해 잘 있다고 말하도록 시킨 거야. 그러니까 집에서는 잘 있다고 하니 안심을 한 거지."

"우와 골 때리는 놈이네!"

거기에 있는 조직원들은 모두 웃음을 터뜨렸다.

"그 정도로 치밀한 놈이야."

"그래서? 어떻게 잡혔어? 여동생은?"

"요즘 그런 애들이 많잖아? 어느 날 갑자기 집을 나가서 소식이 없는 애들 있지?"

"응. 그렇지. 우리 조직에 있는 애들도 알고 보면 그런 애들이 많지 머 집에서야 이런 데서 일하는 줄 알겠나 머 그냥 직장이나 잘 다니고 있는 줄로 알겠지 머."

"그 놈이 어떻게 잡혔냐 하면…"

비호는 담배를 꺼내 불을 붙이고는 후, 하고 연기를 내뿜었다.

"어떤 집에서 그 놈의 여동생이 가끔 전화를 해서 잘 있다고만 하고 돈을 부쳐달라고 해서 돈을 부쳐줬는데 딸한테서는 일체 연락이 없어서 혹시 납치되어 술집 같은 데에 있는 줄로 알고 계좌 추적을 하고, 전화 발신자 추적을 한 거야 그 놈은 시골 노인네들이 그렇게 나올 줄은 몰랐던 거지."

"아! 그럼 경찰에 신고했어?"

"마침 그 여자애의 오빠중에 형사가 있었나 봐. 그래서 그 오빠가 수상하다 싶어 여동생에 대해서 캐기 시작한 거지 머."

"그래서 잡힌 거야?"

"그렇지! 계좌야 남의 주민등록을 훔쳐서 차명계좌로 했으니까 다른 놈이란 게 금방 드러났을 거고… 전화 발신지를 추적해서 여동생을 알아낸 거지. 그래서 그 형사는 여동생을 붙잡아서 그 여동생이 직접 전화를 걸었다는 것을 알게 됐고, 그 여동생의 오빠가 시킨 것이라는 것을 알아냈지."

"하하 그럼 된통 걸렸네?"

"그럼! 이 세상에 완전범죄라는게 있겠어? 그런 식으로 백 명에 가까운 여자애들을 땅 속에 묻어 놨으니 그게 오래 갈 리가 없지. 그 놈이야 정신병자이니까 완전범죄라고 생각하고 있었을지 모르겠지만."

"정신이 오락가락해?"

"응. 방에 가만히 있다가 갑자기 어느 날은 발광을 하고 그랬으니까. 날씨가 궂은 날이거나, 비가 오는 날은 쇠창살을 붙잡고 어무이, 하고 울던 놈이야."

"하하 짜식이. 울긴 왜 울어?"

"그러니까 또라이지. 그래도 그 놈이 나한테만은 절절 맸지. 하하."

"왜?"

"내가 살인으로 들어온 놈이니까 그 놈은 다른 놈은 겁을 안내도, 나한테는 똥오줌을 못 가렸지. 하하."

"그 놈이 더 많은 사람을 죽였는데 ?"

"하하. 그런 여자애들 죽인 거하고 나하고 같냐? 힘없는 여자애들을 강간하고 나서 목 졸라 죽인 거하고 칼잽이인 내가 전쟁이 붙어서 칼로 죽인 거하고? 이 바보야!"

비호가 영필의 머리를 쥐어박을 듯이 그러자 영필이 재빨리 머리를 피했다.

"그럼 그 놈은 사형 받았겠네?"

"당근이지! 1심에서도 사형, 2심에서도 사형이 나왔어. 그러다가 정신감정이 떨어져서 정신이상자로 밝혀져 청주 정신감호소로 이감을 간 놈이야."

"그럼 목숨은 건졌네 머. 그런 놈은 사형을 시켜야 되는 데 말야"

"하하. 그런 놈의 목에다 넥타이를 걸어서 사형시키면 뭐하냐. 정신이 똑바르지 못한 놈인데 머."

"그럼 뒈진 년들만 억울하네."

"그렇지 머. 그 여동생은 2심에서 정신이 이상한 오빠가 시키는 대로 했다고 해서 무죄로 빠져나가고."

"그 여동생도 혹시 또라이 아냐? 아무려면 오빠가 자꾸 그런 일을 시키는데도 그럴 눈치 못챘나?"

"그 여동생은 법정에서 정신이 옳지 못한 오빠가 여자를 하나 꼬셔서 데리고 살까 봐 그렇게 시키는 대로 했다고 하면 그만이야. 오빠가 그렇게 시키는데 여동생이 그대로 시키는 대로 따라한 거지 머."

"그건 그럴 수도 있겠다."

"그래서 여동생은 무죄로 나갔어."

"요즘 그런 애들 많아. 요즘 애들은 걸핏하면 집을 나와서 남자 새끼들하고 동거를 시작하니 원⋯."

"그러니까 말이야 중국집 짜장 배달하면서도 집을 나온 여자애들하고 같이 사는 애들이 많아."

"날이 샌 거지 머."

그들이 주고받는 대화는 별천지의 대화 같았다. 청송의 산골짜기에 있는 감호소에서 살아 나왔으니 그 안에서 보고들은 것만 해도 무궁무진했다.

"그 놈이 현장검증을 나갔는데⋯"

다시 비호가 말을 꺼냈다.

"응."

다들 비호의 다음 말에 귀를 기울였다.

"그 놈이 머리가 얼마나 비상한지 자기가 땅 속에 묻었던 곳을 다 알아내는 거야. 백명에 가까운 애들이 어디어디에 묻혀 있다는 걸 다 알아내는 거야."

"그래? 백명이나 다 알아내?"

"경찰들도 혀를 내둘렀다지 뭐야 보통 사람들 같으면 몇 군데도 기억 못할 것 같은데 그 놈은 정확히 기억하고 있었다는 거 아냐."

"우와. 보통 놈이 아니네."

비호의 말에 모두는 감탄을 했다.

"그 놈이 여기 묻었다 하고 말해서 파보면 여자애들 시체가 나오는 거야. 그러니 경찰도 안 놀라겠어? 그 많은 인원이 파묻혀 있는 곳을 정확히 알아내는 거야."

"다 다른 데 파묻었을 거 아냐?"

"그럼! 밤에 길 가다가 혼자 걸어가는 여자애를 붙잡아서 강간하는 놈이 미쳤다고 똑같은 장소에서 그랬겠냐? 장소가 다 틀리지. 그 놈은 근처에서는 절대로 두 번 안 해. 다른 장소를 골라가면서 그랬으니까."

"그 놈 정말 대단한 놈이네!"

"그 놈이 옛날엔 법대를 다니다가 중퇴한 놈이래나 뭐래나. 일류대 법대를 다녔다고 그랬어. 정신이 이상해서 정신병원에 다녔던 적이 있다고 그랬으니까."

"그래서 머리가 비상하구나?"

"청송에 뭐 그런 놈들이 어디 한둘이냐? 하하."

비호가 웃었다.

"맞아! 나도 옛날에 같이 있던 놈이 있었는데…"

이번엔 종배가 말을 꺼냈다.

"응."

비호가 대답을 해주었다.

"가만! 저기 차 들어온다!"

영필이 산장으로 들어오는 입구 쪽을 가리켰다. 차의 헤드라이트 불빛이 산장 쪽을 향해 기어 들어오고 있는 게 보였다.

"막아!"

종혁이 그렇게 말하자, 그들은 재빨리 산장 입구의 길목에 일렬로 늘어섰다.

차는 서서히 산장으로 기어들어 오고 있었다.

캄캄한 밤중에 건장한 그들이 서 있는 바로 앞에서 차는 멈췄다.

차안에 있는 남자는 산장을 찾아왔다가 낯선 사내들이 길을 막고 있는 것을 보고는 놀라서 꼼짝도 하지 못하고 앉아 있었다. 산장으로 들어오는 길은 좁은 길이어서 차는 이미 뒤로 뺄 수도 없었고, 차를 돌려서 나갈 수도 없는 입장이었다.

종혁이 성큼 차로 다가갔다.

차안의 남자는 낯선 외진 곳에서 만난 사내들을 보고서 유리창 조차 내리지 못했다.

종혁은 차 가까이 다가가서 운전석 옆의 유리창을 두드렸다. 문을 열라는 뜻이었다.

남자는 유리창을 조금만 내린 채로 겁을 집어먹은 얼굴을 하고 있었다.

시커머게 선팅이 돼 있는 차안에서 앳된 아가씨가 남자더러 왜 창문을 열었느냐는 듯이 남자의 옆구리를 찌르고 있는 게 보였다.

"어쩐 일이십니까?"

종혁이 물었다.

"여기… 산장에 왔는데요."

40대의 남자는 겁을 집어먹은 얼굴로 겨우 종혁의 얼굴을 쳐다보았다.

"오늘 여긴 높은 분이 계셔서 못 들어갑니다."

종혁의 말이 차갑게 튀어나왔다.

"아, 네. 그래요? 오늘 영업 안 합니까? 모르고 들어왔는데…."

운전석의 남자는 여전히 겁을 먹은 표정이었다. 이런 곳에서 건장한 체격의 사내들이 길목을 지키고 있을 줄은 꿈에도 생각지 못하고 들어온 것이었다.

"오늘 여긴 중요한 일이 있어서… 그냥 나가시죠."

종혁은 옆자리에 앉아 있는 젊은 영계의 얼굴을 똑똑히 쳐다보았다. 아가씨는 어쩔 줄을 몰라하며 고개를 푹 숙이고 있었다.

"네. 미안합니다."

"애들아. 길 비켜드려."

그제서야 조직원들은 앞길을 터 주었다. 차는 곧 방향을 틀어서 부리나케 도망치기 시작했다.

"짜식들! 이런 밤에 여기까지 찾아와서 씹이나 하려고 그랬지. 하하."

기창이 재밌다는 듯이 내뱉었다.

"그러니까! 저런 놈들을 그냥 끌어내서 한 주먹에 날려 버리고서 옆에 앉아 있는 젊은 까이를 엎어놓고 빽치기로 해 버려야 되는데 말야 하하."

"형님. 옆에 있던 년 이쁘죠?"

영필이 종혁에게 킬킬거리며 물었다.

"그래. 저만하면 쓸만하겠더라. 아주 야들야들하게 생겼어."

"하하하. 형님도 여자 볼 줄은 아는군요."

형필이 거들었다.

"다 저런 놈들은 돈을 주체 못해서 저런 년들을 끌고 다니는 거야. 사회가 썩었지."

종혁은 마치 못 볼 것을 본 것처럼 한 마디 내뱉었다.

"그러게 말입니다. 돈 있는 놈들은 저런 영계나 끼고서 이런 곳이나 찾아다니니까… 어디서 배 터지네 밥 처먹고 와서 그거나 하려고 왔다가… 히힛, 좆나게 토끼는 거 봐요. 우리한테 걸려 돈 뺏기고 기집년 다리 가랭이 벌려놓고서 허벌나게 해 버리면 어디 가서 하소연을 하겠습니까? 안 그래요? 형님."

"그래. 그러니까 좆나게 차 몰고 도망치는 거지. 하하."

차는 어느 새 언덕바지를 넘어갔는지 미등조차 보이지 않았다.

"잘 빠진 년들은 저런 고급 차나 얻어 타고 다니면서 남자가 심심하면 다리 가랭이 벌려주는 것으로 재미나 보고 얻어먹을 거나 챙기는 거지요 머. 요즘 여자들이 얼굴만 조금 반반하면 저렇게 돌아댕긴다니까요. 낮에는 저렇게 돌아댕기고, 밤늦은 시간에 집으로 살짝 들어가고요. 그러니까 남자들이 뭘 알겠습니까? 여자가 바깥에 나갔다가 좀 늦게 들어왔구나 하고 모르는 거지요."

"하하. 맞아! 여자가 다리를 벌렸는지 어쨌는지 남자가 알게 뭐야. 저래놓고는 밤에 몸이 아프다면서 남편하곤 그걸 안 할 수도 있지."

"하하. 그렇게까지야 하겠어? 남편하고야 하겠지."

이번엔 기창이가 말을 거들었다.

"저렇게 돌아다니는 년은 남편하고 사이가 안 좋아서 그러는 거야 그러니까 집에 가면 딴 핑계를 대고서 남편하곤 그거를 안 하겠지. 잘해주는 놈하고 그걸 했는데 뭐가 부족해서 또 하겠냐?"

"하하하."

"야! 아까 하던 이야기나 해 봐."

기창이가 종배의 옆구리를 쿡, 찔러댔다.

"응. 전에 나하고 같은 방에 있었는데… 그 놈은 의사였는데 특수강간으로 들어왔거든."

"의사가? 왜?"

"그 놈은 죄질이 아주 나빠 정식 의사인데…"

"의사가 감호소까지 들어 왔나?"

비호가 놀란 듯이 물었다.

대개 청송감호소란 곳은 동일 전과 3범 이상인 자들만 전국 교도소에서 따로 모아 사회로부터 격리시켜 놓은 교도소였다.

의사가 만일 동일 전과 3범 이라면 놀랄 만도 했다.

"그래. 나도 돌팔이 의사가 아닌가 하고 생각했는데 진짜 맞아. 내가 물어 봤어. 어느 대학 나왔느냐고."

"어느 대학이야?"

이번에도 영필이가 끼여들었다.

"S대를 나왔더라고! 그 놈 말이 진짜였어."

"그런데도 의사를 할 수 있나?"

다들 놀란 얼굴이었다.

"그 놈은 자기가 하는 병원에서 그런 짓을 계속한게 아니고 여기저기 병원을 돌아다닌 거야. 말하자면 월급쟁이 의사인 거지. 일류대 의대를 나왔으니까 실력은 있었던 거지 머."

"어떻게 들어왔어?"

기창이 성급하게 물었다. 의사가 청송감호소에까지 들어왔다는 말은 금시초문이었다.

"하하. 웃기지? 그 의사는 말이야… 자기가 있는 병원에서 마취의사로 있었는데…"

"마취의사? 그런 것도 있나?"

영필이가 물었다.

"얀마! 마취만 전문적으로 하는 의사라는 거야. 큰 병원에 가면 다 있어. 그런 것도 모르냐?"

"아, 그래?"

"하하하 이런 맹꽁이! 하하. 그 의사는 일단 수술할 환자가 마취를 하러 오면 마취실에는 의사 한 사람하고 간호사 딱 둘이만 있대. 그러니까 젊은 여자가 마취를 하러 내려오면 다른 여자들은 안 건드려."

"?"

모두들 종배의 얼굴만 쳐다보았다.

밍은 여자들 있지? 얼굴에 손대는 여자들 말이야. 아니면 가슴에 칼을 대려고 온 여자들 있지? 멀쩡하게 생겼으면서 이쁜 애들 있지? 그런 애들이 얼굴이나 가슴에 칼을 대려고 온 여자들 있잖아?"

"응. 성형수술?"

"그래. 그리고 여자 밑에다가 수술을 하려고 온 애들도 있지? 왜 밑에도 여자들이 더 이쁘게 하려고 수술하는 거 있잖아?"

"하하. 맞아! 여자들이야 이쁘게 하려고 칼을 안 대는 곳이 없지. 밑에도 칼을 대지."

"그래! 그런 여자들이 마취실로 내려오면. 그 놈은 그 여자들에게 마취를 하는데. 대개 간호사가 주사를 놓지. 의사는 마취액만 갈쳐 주고는 직접 주사는 안 놓잖아?"

"그런가?"

영필은 그런 것까지는 알지 못했다.

"대개 의사는 간호사한테 이렇게 이렇게 하라고만 시키고 의사가 직접 주사를 놓지는 않지."

"아, 그렇구나!" 그제서야 영필은 알아들은 듯했다.

"그 놈은 의사면서도, 간호사보고 마취주사를 놓으라고 하고선 여자가 마취가 되면 곧바로 간호사보고 딴 일을 하라고 시키는 거야 그래서 간호사더러 자리를 비우게 만드는거지 다른 일을 하도록 심부름을 시키거나, 잠깐 어디를 갔다 오라고 심부름을 시켜서 자리를 비우게 만든단 말이야."

"그래서? 그 놈이 여자를 건드렸다는 거야?"

"응. 그 놈은 환자복만 입고 있는 싱싱한 여자애를 침대 위에 눕혀 놓고서 제멋대로 주무르는 거지. 아무도 없으니까."

"그래?"

"안에서 문을 잠가 놓으면 아무도 못 들어와. 거긴 마취실이라서 아무나 못 들어온대나. 담당 의사하고 간호사만 들어올 수 있는 곳이래."

"그런가?"

"그럼! 마취액이 수북히 있는데 아무나 막 함부로 들어 오게 하겠냐? 그걸 훔쳐서 어떤 짓을 할지도 모르는데."

"아, 그렇겠다."

"그래서 그 놈은 얼굴이 이쁘고, 몸매가 잘 빠진 애들만 골라서 얼굴이나 가슴, 아니면 밑에 수술을 하러온 애들만 골라서 씹을 하곤 했는데…"

"?"

종배의 이야기를 듣는 그들은 침이 넘어갈 정도였다. 성형수술을 할 정도의 여자라면 얼굴이 얼마나 이쁜지를 상상하고 있었다.

더구나 얼굴과 몸매가 이쁜 싱싱한 여자애들만 골라서 그 짓을 했다고 하니 군침이 돌지 않을 수 없었다.

"그 새끼 정말 기차게 했더라."

종배가 질투가 난다는 듯이 욕설을 뱉어냈다.

"어떻게?"

"혼자 있는 마취실이니까. 여자를 홀라당 벗겨 놓고 그 짓을 한 거지. 그리고 나서 다시 환자복을 입혀 놓으면 되니까."

"여자는 그걸 눈치 못 채나? 나중에 말이야."

"그 놈은 그걸 할 때도 절대로 여자 몸 속에다 사정을 안 했어. 바깥에다 사정을 하거나 했으니까. 콘돔은 끼면 재미가 없다고 하더라."

"그렇겠지."

"그 놈이 건드린 여자만 해도 수백 명은 될 거라고 했어. 그럴 만도 하지 머."

"그럼 어떻게 잡힌 거야?"

"여자는 그런 일을 당해도 잘 몰라. 요즘이야 처녀라도 숫처녀는 거의 없으니까. 그걸 해 봐야 표시가 나냐 뭐. 사정을 했다면 몰라도."

"하하. 맞아!"

"그 새끼는 발가벗겨 놓고서 핥고 애무하고 별 지랄을 다했어. 그래도 여자는 전혀 모르니까."

"하하. 그러네."

"그러다가 간호사가 어렴풋이 그걸 알은 거지."

"간호사가?"

"응. 그런데 그 간호사가 그 의사를 좋아하고 있었는가 봐. 그래서 간호사가 의사를 좋아하니까 그냥 모른척하고 있었던 거지. 간호사하고 결혼할 의사가 어딨겠냐? 안 그래?"

"하하. 의사야 그렇지. 의사 정도만 되면 적어도 돈이 많은 여자하고나 결혼을 하려고 하겠지."

"간호사가 그걸 알고서 결혼하자고 졸라댄 거야."

"그러니 의사가 결혼하겠어? 자신의 비밀을 알고 있는 그 간호사만 처치하면 모든 비밀은 묻혀질 수 있는 건데."

"그럼 어떻게 된 거야? 의사 새끼가 간호사를 어떻게 했어?"

"처음엔 의사 놈이 간호사의 입을 막으려고 거짓으로 사랑

하는 척하면서 몸까지 뺏었나 봐. 그런데 그 간호사가 그냥 입 다물고 있겠어? 이왕 몸을 준 거 끝까지 해서 의사 놈하고 결혼하고 싶었겠지. 결혼만 하면 그런 짓도 안 하겠지 하고 속으로 벼른 거지.”

“…”

“나중에 일이 점점 어려워지게 되자, 그 의사 놈이 간호사를 마취시켜 죽여 버리려고 했는가 봐.”

“마취시켜서?”

“아니. 마약을 주사 놓아서.”

“마약? 그럼 히로뽕?”

“응. 병원에 가면 마약이 많대. 의사들 중엔 마약을 맞는 놈들이 있대. 병원에 수두룩하니까.”

“그래?”

“걔들이야 장부만 써 놓으면 얼마든지 마약을 빼낼 수 있으니까 그걸로 맞는다는 거야. 섹스를 할 때도 맞고.”

“아… 그럴 수도 있겠구나.”

“그 놈이 간호사하고 여러 번 맞았는가 봐. 섹스를 할 때 맞으면 기분이 좋아진다는 거 아냐. 그래서 섹스를 할 때마다 그걸 맞았는데 남자 의사 놈은 마약 성분이 강한 걸로 주사를 놔서 간호사를 죽여 버리려고 그랬던 거야.”

“어디서? 병원에서?”

영필이 물었다.

"야! 그걸 병원에서 놓는 바보가 어떄냐? 바깥에서 술을 마시고 나서 모텔 같은 데에 들어가서 놓지. 넌 병원에서 간호사하고 그거 하는 거 봤냐?"

"하하. 맞아 맞아"

"넌 꼭 돌머리 같냐? 둘이 좋아하는 사이면 모텔 같은 데들어가서 그걸 맞겠지. 병원 안에서 그걸 맞고 그걸 하겠냐? 바보같이 그래."

종배가 영필에게 핀잔을 주었다.

"하하. 알았어. 그래서 어떻게 된 거야?"

영필은 뒷이야기가 더 궁금했다.

"모텔에 들어가서 둘이 그거 하기 전에 주사를 맞으려고 하는데 그 간호사가 마약주사기에 들어 있는 마약이 아주 센 마약이라는 걸 알아챘다는 거야. 주사기에 든 양도 많아 보이고… 전보다 훨씬 많은 양이 주사기에 들어 있었다는 걸 알았던 거지."

"그걸 어떻게 알아?"

"병원에서 쓰는 마약은 강도가 센 것은 마약을 알아보기 쉽게 색깔이 들어 있대. 그래서 센 마약이라는 걸 알았던 거지. 그리고 전보다 훨씬 많은 양이 들어 있었고… 그래서 간호사는 이 의사 놈이 자신을 죽이려고 그러는구나 하고 알아챈 거지."

"?"

"그래서 간호사는 남자 의사보고 먼저 맞으라고 그런 거야. 그러니까 의사가 먼저 맞으려고 하겠어?"

"죽을까 봐?"

"그럼! 그 과정에서 둘이 싸우다가 그 간호사가 남자 의사의 주사기를 빼앗아서 도망쳐 나온 거야. 그 길로 곧장 경찰서로 달려가서 신고를 해 버린 거고."

"아! 그렇게 됐구나!"

"네가 만약 간호사라면 그대로 맞겠냐? 분명히 그 정도로 센 마약에다가 그 정도의 양을 맞으면 금방 뒈질 거라는 걸 아는 간호사가 그냥 맞겠어?"

"그렇겠네. 그년도 살기 위해 증거를 갖고 튀었군 머."

"그년이 경찰서에 가서 다 불어 버린 거야. 그리고 그 주사기를 증거로 내놓고."

"하이구! 그 놈이 지 무덤을 팠군 머."

"그렇게 나올 줄 몰랐던 거지. 술을 같이 마셨으니까 간호사가 모를 줄 알고 그랬겠지."

"그래서 구속이 됐구만 머."

"간호사가 다 불어 버렸어. 이왕 못 먹을 감이라는 식으로 확 불어 버린 거지."

"근데 간호사가 분다고 해서 다 증거가 되는 거 아니잖아? 간호사를 죽이려고 했던 거야 증거가 있지만 다른 여자 환자들을 조진 증거는 없잖아?"

"야! 간호사가 그만큼 머리가 안 돌아가겠냐? 심부름을 시키면 나가는 척하면서 몰래 8mm 비디오 카메라를 숨겨놓고서 찍었던 거야 그러니까 의사 놈이 꼼짝도 못한 거지. 그런 것도 없이 어떻게 걸겠냐. 그러니까 여자 환자들 조진 것도 다 걸린 거지."

"하이구! 그 정도면 빼도 박도 못하겠다 야!"

"그럼 그 의사 놈은 살인미수겠네?"

"그래 살인미수로 들어왔어 그러니까 1심에서 사형이 구형되었는데, 선고에선 무기형을 받았더라 2심에서 무기형이 확정됐고."

"그 짜식! 그렇게 받아도 싸다 싸 의사 새끼가 그 지랄 이니! 그런 새끼들한테 수술 마취 받은 년들은 다 당했을 거 아냐? 하하하."

"다 당했을라고. 얼굴이 이쁜 애들만 골라서 그랬다고 하니까 아무나 건드리겠냐."

"골이 빈 놈이네 머. 의사까지 된 놈이 뭐가 궁해서 그 지랄이냐? 안 그래?"

"의사들 중에도 색골이 있어! 그런 놈들한테는 못 당하지!"

"하하하."

"나도 그런 비슷한 사건 하나 봤어."

이번엔 기창이 말을 꺼냈다.

"청송에서?"

"아니. 내가 청송으로 이감 가기 전에 대전교도소에 있을 때, 이 새끼는 살인죄로 들어왔는데… 그 놈은 여자가 혼자 사는 집에 들어가서 그거를 하고서는 여자한테 박카스를 먹인 거야."

"박카스?"

"그 속에 독약을 넣은 거지. 그걸 박카스라고 속이고서 먹으라고 그러는 거지. 그러면 여자는 벌벌 떨며 마시지. 그러면 뒈져 버리는 거야."

"그래? 여자를 건드리고 나서 돈만 뺏으면 되었지 뭘 죽이기까지 하나?"

종배가 물었다.

"나중에 붙잡힐 것을 염려해서 아예 증거조차 안 남기려고 죽이는 거지."

"그러면 일이 더 커질 텐데? 살인이라고 말이야."

"그러니까 그 놈은 혼자 사는 여자 집만 골라서 들어가서 강간을 하고는 돈을 뺏고 나서 여자까지 완전히 죽여 버리는 거야. 그렇게 해서 여럿을 죽이고 들어온 놈이야."

"야야. 혼자 사는 여자한테 돈이 얼마나 있다고 죽이기까지 하냐."

이번엔 영필이 너무 했다는 식으로 나왔다.

"그 놈은 그게 주특기였어. 나중에 뒤탈이 없게 하기 위해서 여자가 혼자 독약을 마신 것으로 말끔하게 해치워 버린 거지. 여자가 강간을 당하고 나서 남자가 안 먹으면 죽인다고 하는데 박카스를 안 마시겠어?"

"그럴 수도 있지. 박카스인 줄 알고 마실 테니까."

"맞아! 여자는 아마 수면제 정도나 탔을 거라고 생각하고 마시겠지. 만약 그 속에 독약이 들었을 거라고 생각하면 마시겠냐? 그 놈은 그런 식으로 열 명 가까이 죽이고 들어온 놈인데 그 놈 눈알을 보니까 살기가 반짝반짝거리더라... 같은 방에 있으면서 잠자다가도 자고 있는 그 새끼 얼굴만 보면 소름이 끼치더라니까!"

"그런 놈도 있냐!"

종배가 소리쳤다.

"있지! 교도소 안에 별의별 잡놈들이 다 모이는 덴데 그런 놈들이 없을라고! 그 놈도 사형을 언도 받았어. 아예 자포자기를 하더군 내가 청송으로 이감을 올 때까지도 살아 있었는데 지금쯤은 아마 넥타이 공장으로 가서 하늘나라로 갔을 거다 아마."

"야! 대전에는 넥타이 공장도 있잖아. 넌 거기 구경 못 해봤지?"

"그런 데야 아무나 들어가나. 사형이 집행되면 의무과 간병들이나 들어가 보고, 외소에 출역하는 놈들이나 들어가서 목매단 놈을 치우러나 들어가 보는 거지. 이야기를 들어보니까 목을 매달아서 뒈진 놈은 꼭 똥을 싼다더라."

"그래?"

"발 밑에서 덜커덩하고 마룻바닥이 밑으로 내려가면서 목에 넥타이가 걸리잖아. 아마 그때 똥을 쫙 싸는 모양이지 머. 그래서 대롱대롱 매달려 있다가 숨이 완전히 끊어지면 마룻바닥 아래로 끌어내리니까… 그리고 나면 의무과 간병들이나 외소에 출역하는 놈들이 지하로 들어가서 뒈진 놈을 리어카에 실어와서 의무과 시체실에 가둬 놓으니까."

"하하 여자 시체라면 재밌겠다."

이번에도 영필이가 한 마디 했다.

"가끔 여자도 넥타이를 거나 봐. 여자가 사형 당하면 간병들이나 외소가 서로 들어가려고 그런다잖아."

"후후. 여자 구경 해본 지가 오래된 놈들이 시체만 봐도 미치겠지."

"근데 사형 당한 여자 시체를 보면 그렇게 기분이 좋을수가 없다는군."

"왜?"

"남자들이야 거무틱틱하게 얼굴이 부어 있는데, 여자들은 그냥 말끔하게 뒈져 있는 걸 보면 왠지 모르게 살아 있는 것 같은 기분이 든다는군. 죄수복을 입고 있어도 마치 고운 한복을 입고 있는 것 같은 가련한 생각이 든다고 그러더라"

"그래? 그거야 뭐 눈알에 콩 껍질이 씌어서 그러겠지."

"몰라. 외소에 출역하는 놈을 하나 알아서 그 이야기를 들어봤는데, 그 놈이 그러더라. 여자가 사형 당한 걸 보고 있으면 달려들어서 와락 안아주고 싶대. 여자라서 그런지 모르겠지만, 여자는 미리 사형 당하기 전에 여자 담당들에게 부탁해서 매일매일 조금씩 화장품을 얻어다가 몰래 숨겨놓는다고 그래."

"그래? 그럼 화장을 했다는 거야?"

"응. 여자 담당(교도관)이 불쌍해서 자기가 쓰던 화장품을 몰래 조금씩 주기도 한다는데, 그걸 모아뒀다가 사형을 당하기 전날 화장을 하거나, 그 전이라도 곧 사형을 당할 거라는 예감이 들면 그때부터 매일 조금씩 화장을 미리 한다는 거야 언제 죽을지 모르기 때문예 조금씩 화장을 하고 있다는 거야"

"…."

그런 말을 들으면서 그들은 약간 기분이 이상해졌다. 사형을 앞둔 여자가 담당으로부터 조금씩 얻어놓은 화장품으로 마지막 화장을 하고서 사형 집행을 기다린다는 말이 찌릿하게 가슴속으로 파고들었다.

"원래 감방 안에선 사형수라면 담당들도 불쌍하게 생각 하잖아. 남자들도 그런데 여자들이야 오죽하겠어? 그러니까 여자가 담당한테 화장품을 조금 달라고 하면 인정상 안 줄 수 없지. 마지막으로 사형을 당하기 전에 화장이라도 곱게 해 보고 죽겠다는데 누가 안 주겠어?"

"그래……."

"여자란 참 이상하잖아? 뒈지는 날에 화장을 하면 뭐하냐? 안 그래? 남자 꼬시는 것도 아니고 말이야."

"그건 모르지. 바깥에서는 화장만 하고 있으면 남자들을 얼마든지 꼬실 수 있었는데, 그 안에선 화장을 못 해 봤으니 화장을 하고 싶었겠지. 비록 목을 매달고 뒈지는 한이 있더라도……."

"글쎄. 여자라서 그런지 모르겠지만… 하여튼 여자가 뒈진 모습을 보고 있으면 아랫도리가 불끈 선다고 그래. 그걸 참느라 애를 먹는다고 그러더라."

"하하. 역시 남자 놈들은 틀려. 뒈진 여자보고 좆이 서냐? 그것도 목에 밧줄을 매달고 뒈진 년한테?"

그렇게 그들은 다시 약간 침울해진 분위기에서 벗어나고 있었다.

"그게 남자지 머. 남자야 뭐 가릴 게 있나?"

"그래. 그래서 어떻게 됐어?"

종배가 다시 이야기를 재촉했다.

"그러면 출역하는 놈들이 뒈진 여자의 목에 걸린 밧줄을 풀고, 교도소에서 만든 수의로 갈아 입히잖아."

"응."

"그때 남자 새끼들이 서로 옷을 벗기려 든다는 거야."

"하하. 그럴 거 다 아마."

"옷을 싹 벗겨내고서 반듯이 눕혀 놓고 보고 있으면 미친다는 거야. 담당이 옆에 있어도 거시기를 꺼내 확 박고 싶다는 거지."

"하하."

"여자 알몸을 벗겨 놓은 게 그렇게 아름다울 수가 없다는군 바깥에서 여자 알몸을 벗겨서 보는 건 저리 가랄 정도야."

"여자가 거기서 거기지 머. 다른 거 있냐?"

영필이가 또 단죽을 걸었다.

"아냐 걔들 말 들어보면 그럴 것도 같아. 걔들 말로는 그래. 하얗게 죽어 있는 여자의 얼굴을 보면서 아래쪽을 내려다보면 정말 그 자리에서 총을 맞고 죽더라도 한 번 멋지게 해 보고 싶은 충동이 일어난다는 거야 그 정도로 죽은 여자의 시체가 아름답게 보일 때가 없다는 거지."

"그래서?"

"출역수들이 서로 먼저 여자의 옷을 벗기려고 들고, 옷을 벗기고 나면 하얗게 드러난 여자의 시신에 넋을 잃는다는 거야. 여자 몸에 나 있는 까만 털이 그렇게도 만져보고 싶다는 거야."

"여자 털? 밑에 있는 거?"

"그래. 그래서 남자들이 서로 그 털을 가지려고 싸운다는 거지. 그 털을 갖고 있으면 재수가 좋대나 뭐래나. 그래서 나중에 보면 털을 다 뽑아가서 민둥산이 돼 있더라는 거야 웃기지?"

"푸하하. 그러네."

다들 웃음을 터뜨렸다.

"여자가 살아 있다면 얼마나 아프겠냐? 안 그래? 맨살에 붙어 있는 털을 그대로 뽑았으니 말이야."

"그런 말이 있드라. 여자 밑에 있는 털을 뽑아서 짚신을 만들면 재수가 있다는 말은 들었어. 사형수가 그걸 갖고 있으면 감형이 돼서 무기수로 내려가고, 무기수는 감형이 돼서 15년형으로 내려간다고 그러더라."

"여자를 보고 난 출역수들은 그날 밤에 모조리 자위를 한대 하하하."

"하하. 그럴 걸? 징역에서 여자 거시기 볼 기회나 있었겠냐? 하하."

"출역수들이 털을 다 뽑고 나서 민둥산으로 남아 있는 여자 거시기만 쳐다보면서 애를 태우는 거지 머. 보고 있으면 뭘 하겠냐? 담당이 보고 있는데서 그걸 할 수도 없고. 하하하."

"그럼 시체실로 데려가면 간병들이 몰래 그거 안 하나?"

영필이가 또 물었다.

"야! 시체실에 누워 있는 발가벗은 여자를 누가 안냐? 일단 거기 들어가면 겁이 나서 아무도 못 들어간댄다 머."

"왜?"

"죽었을 때 바로 보면 아름답지만 일단 의무과에 있는 시체실로 들어가 있으면 웬만큼 담이 큰놈도 근처에도 얼씬을 못

한댄다."

"왜 그러냐구? 목줄에 묶여 죽었을 때는 이쁘다면서?"

"그때하고 같냐? 그때는 금방 죽었으니까 무지 이쁘지. 그렇지만 일단 시체실로 옮겨지고 나면 그거 볼 마음이 싹 없어진대. 그거 이상하지? 똑같은 사람인데 왜 그럴까?"

"그래 말이야 그렇게 이뻐 보이면 시체실에 있다고 해서 안 이쁜가?"

"하하. 그럼 너나 그런 거 붙잡고 해 봐라."

"아이구! 내가 미쳤냐!"

영필은 손사래를 내저어댔다.

"내가 전에 영등포에 있을 때는, 여자 하나가 신입으로 여사로 들어갔는데 말이야"

기창이가 말을 꺼냈다.

"또 구멍 이야기냐?"

영필이가 또 딴지를 걸었다. 영필이는 장난삼아 일부러 자꾸만 그런 말들만 질러대고 있었다.

"들어 봐."

기창이는 자꾸 딴지를 걸지 말라는 투였다.

"그래. 해 봐 여자 이야기지?"

"하하. 그래. 이런 밤에 어떤 회장은 탤런트 끼고 그거 하는데 우리야 거시기하는 거 지켜주면서 이런 야그나 하는 거지 뭐 할 게 있겠냐?"

"그래그래. 해 봐."

영필이 이번엔 기창일 부추겼다.

"그년이 처음으로 구치소로 넘어와서 신입검사를 받는데 여자 담당이 보니까 자세가 영 이상하다는 거야"

"왜? 똥코에 뭐가 끼었나? 하하."

"하하. 그게 아니고! 여자 신입이 담당한테 몸 검사를 받는 동안에 자꾸 아랫도리를 비비꼬더라는 거야."

"힛! 아랫도리? 왜?"

"그래서 이상하다 해서 여자 주임이 그 여자를 불러서 다시 검사를 했다는 거야. 그래서 이번엔 좀 더 정밀하게 몸 검사를 해 봤는데, 아, 글쎄. 그 여자 년이 말이야. 밑구녕에다 보석 알을 6백개나 처박고 있었다는 거지 뭐야"

"어? 밑에다가? 보석 알을 6백개나? 그게 거기에 들어 가나?"

"비닐봉지 속에 보석 알을 돌돌 말아서 밑에다가 집어 넣고서 공항을 빠져나오다가 다른 걸로 세관에 걸려서 구치소로 넘어왔는데 그걸 밑에 숨겨 가지고 구치소에까지 넘어온 거야."

"하하. 그럼 보지에 금테 두른 거보다 낫네 머. 금테보다 더 비싼 보석을 박은 거잖아?"

"하하하."

이야기를 듣고 있던 그들이 웃어댔다.

"그러게. 여자란 참 편리한 거야 그 속에다가 보석을 숨겨 가지고 들어오고 말이야 하하."

"그러면 걸을 때, 어기적거리지 않나?"

"그러니까 담당이 검사를 하다가 이상하다고 생각했겠지. 그래서 여자 주임이 직접 따로 검사실로 데려가서 다리를 벌려 보라고 그래놓고서는 손가락으로 집어넣어 봤겠지. 안 그러면 그게 그 속에 들어 있는지 어떻게 알겠어? 안 그래?"

"푸하하. 그런 검사는 남자가 하면 안 되나?"

"이런! 여사에 남자 교도관이 왜 있냐! 남자 담당이 거기 갔으면 뼈도 못 추릴 걸?"

그들은 또 한바탕 웃음이 터졌다. 여사에 있는 년들이 운동하러 나와서 하늘에 날아가는 비행기를 쳐다보면서 뭐래는 줄 아냐?"

"뭐라는데?"

"비행기보고 말이야 야, 이 씨팔놈아! 비행기야! 좆이 나 한 가마니 떨어뜨려 주고 가라. 이 개 같은 놈아, 하고 소리를 지른다지 않냐 하하하. 우습지?"

"그래! 그거나 한 가마니 떨어뜨려 주면 그 년들은 그걸로 딸딸이를 치겠지. 푸하하하."

"여자도 감방 안에 있으면 굶는 거야!"

"야야. 오늘 하루종일 그런 이야기만 하냐. 아까 탤런트 하나 보고 나더니 다들 거시기가 불어터졌나 왜 그러냐?"

"하하하. 너는? 그럼 넌 안 그러냐?"

그들이 서로 이야기를 주고받는 동안에 벌써 시간이 한 참이나 지난 것 같았다.

종혁은 얼핏 손목시계를 들여다보았다.

벌써 새벽 한 시가 가까워오고 있었다. 그는 그들에게서 떠나 형민의 차로 다가갔다.

형민은 차안의 뒷자리에서 자고 있었다.

종혁은 차 문을 열고선 앞자리에 가서 앉으면서,

"회장님."

하고 형민을 깨웠다.

"응? 왜?"

형민이 곧 눈을 떴다. 마치 잠을 자고 있지 않고 있다가 눈을 뜨는 것만 같았다.

"벌써 한 십니다."

"벌써 그렇게 됐나?"

형민은 시계를 보았다.

"네. 회장님. 이제 철수할까요?"

"그래, 그러지 난 좀 잤는갑다. 이제 철수해야지. 무슨 일 없나?"

"네. 별일 없습니다."

"그럼 출발하라고 그래."

"네. 알겠습니다."

종혁은 밖으로 나왔다.

산 속의 산장은 어둠에 파묻혀 있었다. 마당에 켜놓은 가로 등만이 희미한 불빛을 내뿜고 있었다.

"야, 다들 타라!"

"네. 형님."

조직원들은 일제히 형민의 차로 다가갔다.

차 앞에서 그들은 형민에게 절을 하고는 자기가 타고 온 차로 들어갔다. 차들은 헤드라이트를 켜고선 천천히 그곳을 빠져나가기 시작했다.

모두 세 대의 차들이 좁은 길을 더듬으며 조용히 기어가고 있었다. 어둠 속에서 세 대의 차에서 내뿜는 불빛만이 길을 환하게 비추고 있었다.

그들이 빠져나간 산장에서는 어떤 일이 일어나고 있었을까?